京都紅莊奇譚

卷三

愛情在細雨中詛咒

白川紺子——著　王華懋——譯

凪高良

蠱師，外表是高中生，但其實是從古代中國就不斷轉生的「千年蠱」。要求澪「如果想解開詛咒，就殺了我」。以邪靈爲食，住在京都東北方八瀨的大宅裡。職神有老虎於菟以及烏鴉夜尺斯。

和邇波鳥

巫女，隸屬於支援「千年蠱」的蠱師一族。爲了護衛澪而轉學過來。

日下部出流

漣的大學同學。隸屬於欲消滅「千年蠱」的一族。職神爲白鷺。

和邇青海

波鳥的哥哥，負責照料高良的生活起居。

朋友

小倉茉奈

澪的高中同學。

～澪與高良身邊的人～

「紅莊」的居民和蠱師

麻績澪

巫女，隸屬於長野的蠱師一族，就讀京都的高中。受到「千年蠱」詛咒，從小就被說「無法活到二十歲」。澪遇到危機時，搭檔的職神白狼雪丸及狸貓照手會現身相助。

麻生田八尋

來自三重縣的蠱師。澪的師父，也是民俗學家。職神是白狐松風和村雨。

忌部朝次郎

已退休的蠱師，在京都一乘寺經營供蠱師住宿的公寓「紅莊」。

麻績漣

澪的哥哥，大澪兩歲。為了保護澪而就讀京都的大學，搬進「紅莊」。是名尚未出師的蠱師。職神是白狼朧和凪。

忌部玉青

朝次郎的妻子。管理「紅莊」，廚藝超群。

目次

護佑這孩子滿七歲

この子の七つのまじないに

護佑這孩子滿七歲 1

初夏的綠意喧鬧無比。樹葉不會說話，但每逢這個季節，澪總是忍不住這麼想。

櫻花季過去，嫩葉才剛冒出頭，綠意一轉眼便日漸濃密。青翠茂密的草葉生命力席捲周圍，覆蓋了所有的一切。新綠的氣味瀰漫四下，幾乎教人窒息。因爲澪生長在山林田野環繞的土地，才會如此感覺嗎？

令人慶幸的是，這個季節在猖狂的綠意壓制下，邪靈亦隨之銷聲匿跡。平時總是宛如黑色蜃影般盤踞在樹下或路邊、幽幽擺盪的邪靈，現在變得又薄又淡，幾乎消失在樹葉篩漏下來的碎陽中。對澪來說，這是可以稍事喘息的季節。雖然爲期十分短暫，僅能維持到梅雨將近而已——

死靈、怨念、詛咒，這些邪惡之物稱爲邪靈。以祓除這些邪靈爲業的人就是蠱師，澪的家也是蠱師一族。

「妳活不到二十歲。」

澪驚覺回頭，一團幽暗的蜃影發出刺耳的笑聲。自兒時起，邪靈總是糾纏、侵擾著澪，向她發出這樣的預言。

「小澪，妳怎麼了？」

走在前面的茉奈停步，詫異地問。一旁的波鳥則憂心地抬頭看她。澪調勻差點亂掉的呼吸，加快腳步說：「沒事。」幽暗的邪靈沒有追上來。它似乎沒有多大的力量，就只是嘲笑澪而已。

在神社鳥居前回頭一望，邪靈已消失無蹤。

這天，澪和同學茉奈以及波鳥來到學校附近的神社。澪在去年秋天從長野轉學到京都這裡，茉奈是她第一個交到的朋友。小倉茉奈在各方面都與澪不同，她留著一頭輕盈的短髮，像松鼠般的渾圓大眼滴溜溜地轉個不

註

1：原章題「この子の七つのまじないに」是從日本童謠〈通過吧〉（通りゃんせ）歌詞中的一節「慶祝這孩子滿七歲」（この子の七つのお祝いに）所改編。

停，表情也十分豐富。

澪則是一頭沉重的直長黑髮，一雙修長的眼睛顯得冰冷。不僅如此，喜怒也不太形於色。茉奈說「很酷，很棒啊」，但澪有時會希望自己的外表氣質更柔和一些。雖然這或許並非容貌，而是個性的問題。

從這個意義來說，波鳥和澪也完全相反。波鳥個頭嬌小，留著及肩的栗色頭髮，眼睛色素很淡，透出血管的薄皮膚十分蒼白。波鳥長得非常漂亮，她卻彷彿引以爲恥，總是有些畏縮，沒有主見，予人飄渺的印象。

波鳥是今年春天剛轉學進來的，轉學的理由是爲了保護澪。波鳥和澪一樣，都屬於蠱師一族，澪是麻績家，波鳥是和邇家，雖然同爲蠱師，卻有著複雜的差異，但可以確定的是，兩人是朋友。

「眞的是老鼠呢。」

澪彎身觀察眼前的石像。並排在那裡的石像並非狛犬[2]，而是一對狛鼠。她們正來到位於鹿谷的大豐神社境內，祭祀在角落的祠堂前。有著圓滾滾眼睛的老鼠石像十分可愛討喜。

「很可愛對吧？」茉奈有些驕傲地挺胸說。「這要是山茶花的季節，在花朵襯托下，看起來更可愛。」

現在只有生苔的台座上擺了一些香油錢。

「應該在冬天帶妳們來的。等到山茶花開了再來吧！」

澪和波鳥都點頭說好，各自用手機拍了照片。忘了是聊到什麼，茉奈說學校附近的神社有狛鼠，於是三人說好放學後一起來看。實際前來一看，不只是狛鼠，還有狛蛇、狛鳶等等，令人驚訝。澪的家是神社，但只有普通的狛犬。

「雖然我不曉得爲什麼會是老鼠。」茉奈說。

「會不會就像稻荷神的狛狐，是神明的使者？」澪說。

註

2：狛犬是日本神社或寺院前成雙成對的獅形守護獸，一隻張口，一隻閉口，表現「阿吽」之意。具驅邪之力。

這裡的祠堂祭祀的似乎是大國主命[3]。澪雖然是神社的女兒，但也不是連其他神社的神明都很熟悉。

「大國主命……我記得是出雲的神明？因幡白兔[4]的……咦，不是兔子呢。」

澪搜尋模糊的記憶喃喃道，波鳥幫忙說明：

「兔子是被大國主命救助，而老鼠是救了大國主命[5]。所以才會說大國主命的神使是老鼠。」

「咦，波鳥妳好博學喔。」茉奈佩服地說，波鳥害羞地說：「是從哥哥那裡聽來的……」

「有哥哥真好。」

茉奈是長女，只有弟妹，對此頻頻表示羨慕。

「小澪也有哥哥，真好。」

「也沒什麼值得羨慕的。」

「那送給我。」

茉奈以聽不出是玩笑還是認真的口吻說，讓澪窮於回答。

「借我當『一日哥哥』之類的如何？」

「波鳥的哥哥也就算了，但漣兄很冷淡，一定很無聊的。」

澪有個哥哥叫漣，但她覺得兩人老是在吵架。相對地，波鳥和她的哥哥青海似乎十分體恤對方。確實，若是波鳥和青海那樣的關係，或許值得羨慕。

不，可是漣兄溫柔的樣子，光是想像就教人起雞皮疙瘩——澪正這麼

註3：大國主命是日本神話中在出雲建國的造國之神，為出雲神社的祭神。

註4：因幡白兔是出自日本神話《古事記》裡的一段故事。白兔想要前往因幡國，誘騙鱷魚讓牠踩著鱷魚背渡海，結果被憤怒的鱷魚剝了皮，痛苦萬分之際，被大國主命救助。

註5：大國主命與須佐之男神的女兒相戀時，受到須佐之男神的考驗，在遭到火攻時，有老鼠現身將其藏匿於洞穴裡，並為他叼來信物的箭矢，讓大國主命與戀人順利逃脫，前往新天地。

想，手機震動起來。看看來電顯示，就是漣打來的。

「有事嗎？」她接起電話。「沒事打給妳幹嘛？」漣應道。哥哥就是這種人。

但他接下來的話，把澪嚇得甚至忘了酸回去。

「八尋叔叔車禍送醫了。」

麻生田八尋是來自三重的蠱師，也是澪的師父。聽說他也是個民俗學者，對一些奇怪的事知之甚詳。八尋爲人瀟灑自在，八風吹不動。然而這樣一個人，現在卻頭上包著繃帶躺在醫院病床上。澪發現自己比想像中的更受驚嚇，更加不知所措了。波鳥一臉蒼白地抓住澪的手臂，讓她心想「我得振作才行」，總算冷靜下來。

「只是額頭縫了兩針而已，也沒有骨折，沒事啦。」

八尋擺擺手笑道。

「因爲撞到頭，要住院一天檢查大腦和眼底什麼的，但也只是這樣而已。」

澪望向站在對面的漣、玉青和朝次郎。忌部玉青和朝次郎是夫妻，在京都東北方的一乘寺經營專門供蟲師住宿的公寓「紅莊」，八尋、澪、漣和波鳥都住在那裡。

漣一臉平靜地點點頭，但玉青憂形於色地說：「要檢查才知道有沒有事啊。」朝次郎也苦著臉說：「撞到頭很危險的。」兩人都同意「檢查結果出來之前，八尋必須乖乖躺在床上」。

八尋露出苦笑。澪想問「不用連絡家人嗎」，但因爲沒有人提，所以她沒有多嘴。八尋和家裡好像關係不好。

「……怎麼會出車禍？」她問了這個問題。

「自撞啦。」八尋簡短地回答。

「車子撞到護欄對吧？」漣補充說。

「對啊。眞傷腦筋，我一直是模範駕駛說。」

「沒撞到人，是不幸中的大幸啊。」剛才還在擔心八尋傷勢的玉青說。

「不會被違規記點，車子也修一修就能開了。」

「是啦。」

「麻生田叔叔開車向來都很小心，怎麼會出事呢？」

澪常坐八尋開的車，八尋的駕駛風格意外地穩重，她從來沒遇過八尋橫衝直撞。

「哈哈……嗳，一時疏忽了。」

八尋悠哉地笑，但澪在他的話尾聽出一絲煩躁和懊悔，悟出是怎麼一回事了。

「跟委託有關嗎？」

「不愧是小澪，直覺敏銳。」

「今天應該沒有委託的預定吧？」

八尋經常忘記日期，澪負責管理他的行程。

「妳記得眞清楚。沒錯，本來沒有，但認識的住持臨時拜託我。」

八尋說臨時接到驅邪委託是滿常見的事。

「所以我去了寺院瞭解情況，接下委託……但我可能誤判了。」

八尋的視線轉向漣他們——窗戶那裡。漣讓開位置。窗戶前方，病床旁邊有個櫃子，上面擺了一個包袱。從形狀來看，裡面似乎是個長方形的盒子。

「是人偶。」

八尋低聲說。

「御所人偶[6]。看了就知道了，是個童子人偶。原本好像是一名老婦人的東西，她最近過世了，東西被交到親戚手上。結果親戚開始聽見小孩的聲音、腳步聲等等，害怕起來，所以送去寺院。人偶應該送到寺院供養了，卻不知不覺間消失，又回到親戚手裡。住持覺得這樣不行，他處理不了，所以連絡了我。」

註

6：御所人偶是江戶初期創始於京都的幼童人偶，造型為大頭裸身，可以更換衣物。因多為皇室公卿送給行經京都的諸侯的贈品，故稱為御所人偶。

然後八尋答應了。

「既然答應，表示你有自信祓除吧？」

澪之所以這麼說，是因爲八尋總是說「做不到的事就是做不到，覺得自己祓除不了，就不要接」。

「小澪也太嚴格了。」八尋誇張地嘆了一口氣，但他不是那種被澪指正一下就沮喪的人。

「所以才說我誤判了。因爲只有說話聲、腳步聲的話，並沒有多大的惡意。我本來這麼以爲啦。——我看到小孩子衝出來。」

八尋注視著虛空說。

「小孩子突然衝到車子前面，我急忙要閃避，就撞到護欄了。幸好只有這樣，那應該是警告吧。」

自撞後仔細查看，也不見小孩子的蹤影，行車紀錄器也沒有錄到。

澪望向那個包袱。看不到邪靈的黑色蜃影，卻感覺莫名沉重，就好像裡頭塞滿了詭異之物。

「人偶不行。」朝次郎搖搖頭說。「我從來沒接過人偶的案子。不是能不能祓除的問題。人偶很惡質。會跑進人偶裡面的東西，多半都邪惡到家。」

朝次郎這個人比八尋更爲理性，或者說果斷。界線十分明確。

「可是，八尋已經答應人家了吧？」玉青說。

玉青外表看起來冷漠，卻意外地容易感情用事。搬進紅莊以後，澪瞭解到這件事。

「我已經答應了，也覺得有辦法祓除。我會完成委託。」

八尋的回答十分堅決。

「但我就像你們看到的，得暫時住院才行，所以我有個請求。」

「……那個人偶嗎？」玉青回望包袱。

「在我出院之前，那個人偶可以先放在紅莊嗎？我應該明天就能出院了。」

玉青仰望了旁邊的朝次郎一眼。朝次郎可能早就猜到了，嘆了一口氣說：

「這也是沒辦法的事。就讓你欠一次吧。」

「愈欠愈多呢。」八尋笑道。

澪不知道八尋從什麼時候就和紅莊有往來。

「然後，我也要拜託小澪一件事。」

聽到這話，漣皺起眉頭：「八尋叔叔——」

八尋對著漣揮手笑道：

「不是什麼危險的事。把人偶送去寺院的人——是一位姓寶來的女士，我本來打算明天去跟她瞭解情況，也拜託住持連絡了。所以我想請妳先代我去瞭解一下。」

巧的是，明天正好星期天。澪點了點頭：「沒問題。」

澪抄下住持的姓名和寶來的住址等詳細資訊，離開病房。漣本來要拿包袱，朝次郎制止，自己拎了說：「這種東西，最好讓幼童或老人家拿。」

「麻煩了。」八尋不只是對朝次郎，也對其他人行禮說。走廊深處傳來小孩子奔跑的輕盈腳步聲。醫院裡怎麼可以奔跑？──澪心裡嘀咕著，前往電梯。

雖然提心吊膽，擔心會不會在回家路上遇到意外，但載著一行人的計程車平安抵達了紅莊。紅莊一如其名，是一棟被紅葉、山茶花等紅色的花木所點綴的山莊，但現在這個季節，還是免不了瀰漫著濃烈的綠意。朝次郎逕直走向佛室，將包袱放到榻榻米上。接著看也不看它，就要離開佛室，澪問：「不用打開來看看嗎？還是不看比較好……？」

朝次郎瞄了包袱一眼，立刻別過頭去，冷冷地說：「也不是不能看，但我不必了。」然後走掉了。

「他討厭人偶。」玉青目送朝次郎的背影苦笑。澪回想起來，朝次郎在醫院也說過這樣的話。

「他說他沒接過人偶的案子，但只有一次，做過和人偶有關的驅邪工作。那次好像讓他吃足了苦頭，從此以後，他就拒絕跟人偶扯上關係了。」

「這樣喔……？」

竟然會讓朝次郎排斥成這樣，到底是發生了什麼事呢？澪覺得光是想像就很可怕。

「而且那時候的人偶也是御所人偶，所以印象更糟了。他連看都不想看到吧。」

澪不曉得什麼是御所人偶。玉青在包袱前面跪下來。澪、漣、波鳥也圍著包袱坐下。玉青解開包袱結，裡面出現一個桐盒。取下蓋子，裡面是以布包裹的人偶。盒中是一個圓滾滾的嬰兒造型人偶。澪原本想像會是娃娃頭、長袖和服的典型日本人偶，因此感到意外。

人偶有著嬰兒獨特的飽滿圓潤體型，配上天真無邪的笑容。眼睛瞇成月牙狀，嘴唇微張，豐滿的臉頰可愛極了。身上穿著金銀刺繡鶴龜的縮緬布肚兜及背心。頭髮不是植的，而是用毛筆畫上去的。是接近平頭的短髮紮在頭頂處的髮型。姿勢則是彎腿而坐，手伸向前方。整體來說，是個圓潤可愛的娃娃。

「好高雅的臉。所謂的御所人偶，就是這種圓滾滾的兒童人偶。朝次郎說過，它的起源是嵯峨人偶，是送給剛出生的小孩驅邪保平安的。不過我對這些不內行，所以不太清楚。這種人偶是在木雕塗上一層又一層的胡粉，所以如果保存狀態不佳，表面就會龜裂，但這個很完整，衣物也完全沒有髒污或褪色，一定很受珍惜吧。」

玉青撫摸著人偶的臉說。這確實是個可愛的人偶，但澪怎麼樣都不想撫玩它。怎麼會這樣呢？明明是個天真無邪、笑容可愛的娃娃啊。

不只是澪，漣和波鳥也都沉默地盯著人偶。兩人看它的眼神，就像是看著什麼可怕的東西。

「咦？怎麼了？」

玉青訝異地看著三人。漣看向澪，催促她說話。澪暗自牢騷「幹嘛不自己說」，默默地瞪漣。這時波鳥立下決心似地開口了：

「……那個人偶……不是空的呢……」

她一臉蒼白，目光從人偶身上移開，看著榻榻米。

——不是空的。

沒錯，澪心想。這就是令人毛骨悚然的原因。

「感覺……『塞得滿滿的』呢。」

澪覺得人偶裡面有東西，而且是塞得密不通風。明明沒有邪靈，卻感覺得到某種氣息。有東西潛藏、隱身在深處。——感覺很不舒服。

玉青看了看澪和波鳥，用布仔細地重新包好人偶，默默地將它收回盒子裡。她蓋上蓋子，清了一下喉嚨：

「那，就把它擱在這兒吧。忌部的列祖列宗會幫忙看好它吧。」

門框上的橫木並排著多幀遺照，可能是紅莊的歷代主人。玉青拿起佛壇上的鈴鐺搖了一下，雙手合十膜拜之後，快步離開了佛堂。

澪伸手要拿盒蓋，漣「喂」了一聲制止，但澪說：

「我不是要拿人偶。剛才玉青伯母蓋上的時候，我看到蓋子裡面有字。」

她把蓋子翻過來。原本她以為寫著人偶的製作者姓名或商號，結果不是。不，那好像是人名。用毛筆寫著「太一」二字。

「『太一』……人偶的名字嗎？……不是呢。是小孩的名字嗎？」

玉青說，御所人偶是送給出世的小孩驅邪保平安的。

「會是贈送對象的小孩的名字嗎？」

「物主是個老婦人吧？」

那——澪尋思著，蓋回蓋子。因爲她就快想到不好的事情了。

收到這個人偶的孩子，是不是死了……？

當天晚上。

澪洗完澡，用毛巾擦著濕髮，走回自己的房間。走廊很暗，但也沒暗到必須開燈。澪就像平常那樣，沒開燈就穿過走廊回去房間。每走一步，地板就跟著發出吱呀聲響。

總覺得今晚有點冷——這是澪最先感覺到的異狀。與其說是冷，更應該說是腳邊莫名冰涼。有股冷颼颼的空氣，就好像冰箱門沒關而飄過來的那種冷氣。

噠噠噠……一陣輕盈的腳步聲響起。好像有小孩子跑過榻榻米。澪停下腳步，左右張望。走廊兩側都是房間，全都是和室。應該說，紅莊除了廚房和盥洗室以外，全都是和室。噠噠腳步聲再次響起。說不出是哪裡傳來的。不是跑來跑去，而是一陣一陣，從不同的方向突然冒出來。

一道高亢的笑聲響起。是幼童的笑聲。澪握緊毛巾，猶豫該如何應對。紅莊沒有幼童，她也明白出怪事了。可以置之不理嗎？還是應該呼叫雪丸？雪丸是澪的職神，外表是白色的小狼。不過正確來說，似乎是神使。如果只是一些小妖小怪，雪丸一定能驅逐。祂總是會幫忙趕跑騷擾澪的邪靈。

但她不知道能不能這麼做。澪的腦中浮現佛室的御所人偶。紅莊從來沒有發生過這種事，因此不管怎麼想，原因都是那個人偶。萬一隨便驅逐，讓狀況惡化的話——澪正在猶豫，旁邊的紙門伴隨著笑聲，喀噠搖晃起來，把她嚇了一跳。彷彿被澪驚嚇的反應逗樂了，幼童的聲音大笑起來，紙門再次搖晃。澪發現紙門一邊搖晃，一邊慢慢地打開來。門縫間出現一條細長的黑暗。紙門喀噠左右搖擺，又打開了一點，變成可以塞進指頭的縫隙。澪屏著呼吸盯著黑暗，但並沒有東西從裡面冒出來，搖晃也停止了。怎麼回事？澪正自訝異，在視野下方瞥見白色的東西，定睛細看。紙門下緣，在澪的小腿高度，細小白皙的手指勾在那裡。

——小孩子的手。

澪忍不住後退，撞到後方的紙門。小小的手指抓住紙門邊緣，喀噠搖晃，想要把門打開。紙門沙沙滑動，黑暗擴大了。澪想要逃離，腳卻僵住動彈不得。一隻手從縫裡伸了出來。是白皙的小手。手上下左右蠕動著，就像在摸索，那動作只能用蠕動來形容。不是人類的動作，更接近昆蟲的腳部動作。那隻手就要朝前方，也就是朝澪這裡伸過來的時候，澪再也承受不住，尖叫聲從腹部深處湧了上來。

就在她要放聲尖叫的那一刻，小手就像碰到了什麼滾燙的東西，倏地收了回去，消失在紙門縫的黑暗裡。笑聲和腳步聲也不見了，冰冷的空氣緩和下來。一片寂靜的走廊上，只有澪粗重的喘氣聲聽起來格外響亮。

「……怎麼了……？怎麼會……？」

突然不見了。明明她沒有呼叫雪丸。澪東張西望，在陰暗的走廊角落發現有東西蜷縮在那裡，嚇得「噫」了一聲。但她很快便放心地吁了一口氣。

「照手。」

澪蹲下身，呼喚對方的名字。那是照手，狸貓外形的職神。原本是別人的職神，但現在跟著澪。照手小碎步靠上來，安頓在澪的懷裡，澪撫摸祂的身體把祂抱起來。毛皮蓬鬆，抱在懷裡令人感到安心。照手抽動著鼻子。看不出祂渾圓漆黑的眼睛在想些什麼。

是因為照手來了，所以剛才的手撤退了嗎？澪到現在還是不曉得照手擁有什麼樣的力量。

正當她把臉埋在照手柔軟的毛皮裡，聽見了尖叫聲。

是波鳥在尖叫。澪抱著照手衝向波鳥的房間，波鳥的房間就在澪的房間隔壁。趕過去一看，只見波鳥蹲在房間門口，漣站在前面的走廊上。

「怎麼了？」

澪也連忙跑過去，搭住波鳥的肩膀。波鳥一臉蒼白地仰望澪。

「有、有小孩……」

波鳥顫聲說著。

「有小孩突然從牆壁跑出來。」

她說事情發生得很突然，毫無前兆。

「一下子……就衝出來。很小的小孩，大概幼稚園的年紀。模樣我沒看清楚。他突然出現，一眨眼就穿過落地窗不見了……然後門就……」

波鳥說落地窗劇烈地搖晃起來，接著被猛力敲打，力道幾乎要把玻璃給敲碎。落地窗內側有門簾，從戶外看不見室內，因此波鳥看不到外面有什麼。這段期間，落地窗仍不斷地被敲打，波鳥因為害怕玻璃會破掉，便硬著頭皮拉開了簾子。

「結果……」

有手掌貼在玻璃上。波鳥說是很小的手，幼童的手。那隻手死命地敲打著著玻璃。聲音這麼大，對面房間的漣應該也聽到了，但漣說他什麼都沒聽見。

「我因爲太害怕了，叫了出來。抱歉驚動大家了。」

「沒關係……」

澪回頭看落地窗。即使仔細檢查，也沒看見任何手掌的痕跡。不知不覺間，朝次郎和玉青也來到了房間前面。

「列祖列宗管不動嗎？」玉青語帶憂愁地說。

「這惡作劇比聽說的還要嚴重吶。」

朝次郎的臉色變苦了。確實，委託人說的，應該只有聽見小孩的聲音和腳步聲而已。

澪也說出自己剛才遇到的事。漣皺眉說「爲什麼不立刻叫我」，但與其叫漣，叫雪丸還比較快。澪這麼說，漣的表情更不高興了。

「會不會是被帶來蠱師這裡，所以生氣了？」玉青說。
「與其說是生氣，更像是覺得好玩吧。眞是個調皮鬼。」朝次郎嘆氣。
「如果只是嚇嚇人，最好忍一忍，不要隨便反擊。這種東西，惹惱了會很麻煩。」
澪和漣點點頭，但波鳥雖然應著「是……」，眼眶卻已經泛淚了。澪把懷裡的照手放到波鳥的腿上。
「照手，你保護波鳥吧。」
她盯著照手渾圓的眼睛囑咐說。
「澪小姐……」
「我有雪丸。」
澪想了一下，補了句「還有漣兄」。
「剛才因爲照手來了，那隻小手才消失了。所以只要有照手在，就不會有事了。」
波鳥看著腿上的照手，小心翼翼地摸了摸祂的背。照手抬起鼻頭仰望了波鳥一眼，但很快便伏下身子，閉上眼睛。是在表示「妳可以摸」。波鳥似乎是摸著摸著，情緒平復了，她看向澪，露出靦腆的笑容。

「只要摸摸照手，就能安心對吧？」

「是的。祂的毛好蓬鬆，好療癒。」

「就說吧？」澪也笑了。「我把棉被搬過來，今天我們一起睡吧。」

「咦……不能這樣麻煩您……」

「萬一睡覺的時候它又跑來，不是很討厭嗎？我可不想。」

波鳥拘謹地點點頭：「我也不想。」

「兩個人一起就不怕了。那，我去搬棉被。」

澪說著站起來。漣用一種看稀罕東西的眼神看著澪。

「怎麼了？」

「妳也變大姐姐啦？」

這是在笑我嗎？澪心想，但沒有反駁，回去自己的房間。每個人在家人和朋友面前，大概都是不一樣的。被漣看見那一面，讓她覺得難為情。

「這種時候，女孩子真的很貼心。不過這樣漣就落單了呢。要是八尋在就好了。」玉青說。

「就算八尋叔叔在，我也絕對不會跟他一起睡。」

漣斬釘截鐵地說。

「如果漣兄害怕，可以叫我喔。」

澪說，被狠狠地白了一眼。

聽說請寺院住持供養人偶的委託人寶來住在京都市內，但打電話連絡之後，對方說她今天在宇治的六地藏。據說是去收拾人偶物主的老婦人的家，地點在六地藏。澪、漣和波鳥一同前往該地。由於是代理人，澪覺得穿體面一點比較好，挑了正式的麻料洋裝。其他人似乎也是相同的想法，漣穿了白襯衫配灰長褲，波鳥一樣穿洋裝。布料柔軟的水珠圖案雪紡洋裝很適合波鳥。

抵達京阪電車的六地藏站後，依照對方在電話裡說的，在站前搭乘公車，前往老婦人家。公車過了河，駛上商店街所在的坡道，穿過小丘上的集合住宅區。目的地在集合住宅區的一隅。下了公車，在閒靜的住宅區巷弄走了一段路，發現一棟米色砂漿牆的瓦頂透天厝。從樣式來看，屋齡約有三、四十年。牆壁變色，布滿了黑霉。小小的庭院雜草叢生，空花盆疊放著丟在大門邊。

「雖然是親戚，但也沒有往來。」

正在庭院除草的寶來尚代說著，抓起脖子上的毛巾抹汗。尚代年約六旬，身形富態，身上印有英文圖案的T恤一片汗涔涔。她說她想趕在梅雨季前清除庭院的雜草。屋子在老婦人過世後，一直是空屋，暫時由尚代和丈夫一起管理。

「能布子伯母是外子的伯母，伯父早在十年前就過世了。伯母沒有孩子，所以過世以後，房子就交給我們管理。」

能布子就是人偶的物主。

「伯父還在世的時候，親戚之間還有來往，不過也只會在法事碰面而已。坦白說，能布子伯母是個怎樣的人，我也沒什麼印象了。」

尚代說著，請澪等人進入屋內，領他們到起居間。為了人偶的事來訪的竟是澪等人這樣的年輕人，讓尚代十分意外，但也許是因為知道他們是代理人，算是相當乾脆地接受了。她說已經從住持那裡聽說預定為人偶驅邪的八尋遇到車禍的事，也有些害怕的樣子。

「那個娃娃不是很漂亮嗎？我過來整理的第一天看到它，非常喜歡，就把它帶回家了……」

尚代嘆了一口氣，搖了搖頭。她從和起居間相連的廚房冰箱取來瓶裝茶，倒入按人數分的紙杯裡。聽說瓦斯已經停掉了，但水電還沒有斷。她把盛著紙杯的托盤擺到矮桌上，一屁股在榻榻米坐下來。波鳥將紙杯放到各人面前。

「從那天晚上開始，就怪事連連。有小孩子奔跑的聲音，還有笑聲……說是小孩子，也有大小孩之分，那是很小的小朋友的聲音，我覺得是連話都還不太會講的小孩子。會說話的小孩，和更小的小孩，發出來的笑聲不一樣對吧？你們懂嗎？」

澪點了點頭。幼童的笑聲。澪也聽到了。那笑聲有種語言無法溝通的恐怖。平常聽到小孩的笑聲不會覺得恐怖，但那時候不同。那是幼童，卻不是幼童，是別的什麼。

「外子也聽到了，所以不是我的錯覺。所以我就說了那個人偶的事，結果外子暴跳如雷，說怎麼把那種東西帶回家！那東西不乾淨……」

房屋清理事宜，好像是尚代一個人處理。

「叫我一個人來整理，卻說這種話，眞的很自私對吧？照道理來說，應該是他來弄才對。那可是他的親戚耶。所以我也動氣了——」

聽說演變成一場夫妻爭吵。最後說要找寶來家代代皈依的檀那寺住持商量，平息了爭吵。

「親戚之間，好像都知道那個人偶很恐怖。我是沒有聽說啦。說是恐怖，也不是會直接造成什麼傷害，怎麼說才好，好像是因爲能布子伯母對待人偶的方式相當特別，所以才傳出這樣的說法……」

「特別……？」

漣淡淡地追問。尚代左右張望了一下，壓低了聲音，就好像害怕被能布子聽見一樣。

「……那個人偶不是擺出來裝飾，而是收在盒子裡，放在大和室的壁龕上。聽說伯母說過，絕對不能從盒子裡拿出來，或是移動它。然後她每個月會在盒子前面誦幾次經，每年一次，一定會供上水果糕點祭拜。」

澪微微側頭。這是爲什麼？看看漣和波鳥，他們也都一臉訝異。

「能布子女士信仰什麼特殊的宗教嗎？」

漣問，尚代搖搖頭。並非否定，而是不知道。

「好像也不是那樣……這部分外子好像也不是很清楚。而且聽說那個人偶本來也不是能布子伯母的。」

「咦？不是嗎？」

澪十分意外，忍不住插口。尚代連點了幾下頭：

「聽說是能布子伯母的母親的姊姊，也就是她的阿姨的東西……應該說，是她的阿姨生產的時候，人家送的東西。所以是阿姨的小孩的娃娃。」
「出生的孩子的……」
「對。可是那孩子在七歲前就過世了。」
死去的孩童……。澪感覺耳底響起了孩童輕盈的腳步聲。
「光是這樣就夠可憐了，但她的阿姨開始把人偶當成自己的小孩一樣對待。」
抱在懷裡哄、對它說話、餵它吃飯——就像對生前的孩子那樣對待人偶。
「聽說結果和老公離了婚，沒多久就過世了……我不知道死因是什麼，不曉得是生病還是別的理由。然後，人偶就當成遺物，送到能布子伯母的母親手裡了。接下來不曉得發生了什麼事，總之最後人偶交到能布子伯母手中了。但她沒有把人偶從盒子裡拿出來，還訂下一些奇怪的規矩。」
尚代嘆了口氣，朝漣探出上身說：
「欸，你們會想辦法處理吧？不會說沒辦法，又把它送回來吧？要是那樣，我眞的很困擾。」

「沒問題的。」

明明不是自己要祓除，漣卻滿不在乎地回答。雖然連客套的笑容都沒有，但這似乎反而讓人覺得可靠。尙代露出鬆了一口氣的樣子，坐了回去。

「可以讓我們看看人偶的盒子原本放的地方嗎？」

漣提出要求，尙代說「當然可以」，扶著矮桌起身。她發出「嘿咻」的聲音，吃力地站起來。

三人跟著走出起居間的尙代，一起來到走廊。牆上掛著照片和裱框繪畫，但都蒙上了一層灰，顯得黯淡。客廳採光明亮，但尙代要前往的地方一片陰暗。

「因爲是朝北的房間，所以感覺又暗又冷。」

尙代說著，打開和室紙門。是一間八張榻榻米大、空空蕩蕩的和室。房間裡有壁龕，上面掛著掛軸。人偶的盒子原本就擺在這個壁龕吧。第一印象，澪覺得這個房間好單調，接著心想好暗。窗戶外層的遮雨板開著，而且就算是朝北，也不可能暗到哪裡去，室內卻一片陰翳。就像尚代說的，室內莫名陰寒。有陰影鬱積在這裡。

澪踏進室內，張望四下。有木紋的天花板上吊著電燈。壁櫥紙門十分老舊，浮現褐色的斑漬。旁邊是壁龕，上面的掛軸是神明畫像。神明頭上包頭巾，右手握著小槌子，左手拿著袋子，扛在肩上，腳踩在旁邊的米袋上。

「這是七福神的——」

叫什麼去了？澪正在回想，漣立刻接口：

「是大黑天。」

除了女神弁財天以外，七福神裡面的誰是什麼神，澪都搞不清楚。

「不是惠比壽嗎？」

「惠比壽抱著鯛魚。」

「不是布袋神嗎？布袋神不是抱著袋子嗎？」

「是啊，可是布袋神沒戴頭巾，也沒有大肚腩。」

「太混淆了。」

本來以爲漣會酸一句「是妳記性太差」，但也許是因爲在尙代面前，漣什麼都沒說。澪繼續觀察房間，注意到牆上掛有月曆。好像是酒行在年底贈送的月曆，沒什麼設計感，但尺寸很大，方便使用。是印有大安、佛滅等曆註的傳統月曆。

月曆的月份是今年三月。能布子應該是在三月過世的。上面並未詳細寫下預定，但有幾天用紅筆圈了起來。

「是有什麼預定嗎？」

澪納悶地說，漣從旁邊伸手過來，翻開月曆。四月也有幾天圈了起來。再繼續翻下一頁，也有一樣的紅圈。每個月的日期都不相同，卻是等間隔。算了一算，每隔十二天會圈起一天。

「壬子、甲子、丙子……」漣喃喃道。「全都是子日。」

壬、甲、丙屬於十干，子則是子、丑、寅等十二支。十干是古代中國用來表示日期的符號，有甲乙丙丁戊己庚辛壬癸，並且各別對應陰陽五行。譬如木兄（甲）、木弟（乙）、火兄（丙）、火弟（丁）等，將金木水火土的五行之氣分類爲陰陽兄弟兩類。將這十干與十二支組合起來，用以計日。十干的干即爲「幹」，十二支的支即爲「枝」，也就是枝幹的關係。兩者搭配起來共有六十種組合，稱爲六十花甲子。傳統的月曆或日曆都記載著甲子。小時候澪曾經站在月曆前，聽伯父講解這套曆法。麻績家是神社，神道教神明的祭日與十二支有關，因此需要學習。

漣說「全都是子日」，因爲月曆上圈起來的日子，全都是有子的日子。

漣繼續翻頁，在十一月的地方停住了。

「畫了兩圈。」

就像他說的，十一月有一天畫了兩個圈。是甲子日。其他的子日都是普通的單圈。

「……我知道了，是大黑天。」

「咦？」

漣敲了敲十一月的文字：

「十一月是子月。」

十二支不只是日，也分配在年、月、時間以及方位上。十一月相當於子。

「子月子日是大黑天的祭日。大黑天的祭典原本叫做『子祭』，甲子日也是神明的節慶日。除了每個月的子日，能布子女士還特別重視子月的甲子日。」

「……為什麼？」

「因為大黑天啊。」

漣放開月曆，轉向壁龕。上面掛著大黑天的掛軸。

「能布子女士信仰大黑天。不是說她會誦經、供奉嗎？畫圈的每個月的子日是誦經的日子，畫兩圈的十一月甲子日是供奉的日子，應該是這樣吧？」

「原來是這樣啊。」佩服地這麼應聲的不是澪，而是尚代。她瞪圓了眼睛。漣也不在意尚代的反應，接著說：
「而且這個房間在屋子的北邊。以十二支來看方位，北邊就是子。一切都是爲了大黑天信仰。」
「大黑天信仰……大黑天是福神對吧？」
「沒錯。大黑天是起源於印度的神明，摩訶迦羅，創造與破壞之神……」
聽到破壞神，感覺很可怕。
「大黑天是凶暴的破壞神，同時也是賜福神。在中國，大黑天被祭祀在寺院食堂，是保護僧侶糧食的守護神。比叡山那些天台系的寺院也是如此。僧侶的妻子[7]被稱爲『大黑』，就是從這裡來的。——離題了。總之，能布子女士信仰大黑天，而且非常虔誠。」
「……爲什麼？」
「我哪知道這麼多？不過她把人偶安置在大黑天的掛軸前面對吧？然後對它誦經供奉。不曉得是爲了供養，還是……」

——祈願？

澪看向大黑天的畫。紙張泛黃，墨跡也褪了色。能布子到底在這裡祈禱些什麼？

由於無法問出或看出更多的事，澪等人決定打道回府。三人在玄關穿鞋的時候，尚代不停地詢問她是否已經安全了。

「人偶我已經送走了，所以不會再發生什麼事了吧？」

「昨晚沒有任何異狀對吧？」

「是啊。」

澪交給漣去應對，穿上鞋子，是她喜歡的白色方頭皮鞋。

「我是不是最好做法事供養一下？」

「供養人偶嗎？」

註

7：日本的佛教，僧侶可娶妻生子。

「人偶你們會處理吧？我是說，能布子伯母或是她的阿姨，是不是需要祭拜供養？總覺得心裡毛毛的。還有那個死去的孩子，是不是也該供養一下？」

「是啊，您可以委託住持處理。」

「嗯，就這麼做好了。我也會跟外子討論一下。」

尚代手扶著臉頰，兀自「嗯嗯」點頭。「這樣比較好呢，嗯。重新好好供養一下吧。能布子伯母、伯母的阿姨，還有阿姨的女兒——」

「——咦？」

澪抬頭看向尚代。由於澪突然出聲，尚代也「咦？」地眨了眨眼。

「怎麼了？」

「不，呃……您說女兒？」

「就過世的小孩啊。」

「那是女生嗎？」

「是啊。」

尙代一臉詫異。澪再次垂下視線，沉思起來。怎麼回事？她想起裝人偶的盒子蓋內的文字。「太一」。她一直以爲那是過世的小孩的名字，所以認定絕對是男孩。

——原來「太一」不是過世的孩子的名字嗎？

那麼，那是誰的名字？

不管怎麼想，現階段都不可能明白。

一行人離開能布子家，前往公車站，但看看時刻表，公車暫時還不會來。

「到車站也沒多遠，用走的吧。」漣說。

雖然麻煩，但也沒辦法，澪正要同意的時候，波鳥輕呼了一聲：

「啊！」一輛黑色轎車剛好停到他們附近的路肩處。看到從車上下來的司機，澪明白波鳥怎麼會驚呼了。

「哥哥！」

一襲黑西裝的高䠷俊美青年朝這裡走了過來。是波鳥的哥哥，青海。

「你怎麼來了？」

青海看了詢問的波鳥一眼，只是微微頷首，來到澪的面前。

「高良大人吩咐我送澪小姐到紅莊。」

「高良派你來？」

凪高良也是高中生，住在京都東北山間的八瀨。同時他也是在財政界擁有不少顧客的知名蠱師。——但這些都是表面的身分，其實他是從古代中國便不斷轉生的蠱物「千年蠱」。高良和澪之間有著複雜二字不足以形容的糾葛。

澪看向車子，但高良不在車上。

「高良大人在八瀨的宅子。」

青海淡淡地說，就像從她的視線讀出了想法。青海負責照顧高良的生活起居。

「這樣啊……」

自己回應的聲音隱約摻雜著不滿與失望，這讓澪有些驚慌。她並不是對高良本人沒有現身而感到不滿。只是每當澪想要涉險犯難，高良就會忽然現身，因此這次他沒有來，讓她感到有些不解。

青海彷彿連她這樣的感受都悟出來了，說：

「高良大人說『有照手跟著，我不用去也沒問題』。」

「有照手……？」

確實，昨晚是照手救了她。

「我會向高良大人轉達您的不滿。」

「我……我又沒有不滿，不用說啦。」

「就算您這麼說……」

青海仰望天空。一隻烏鴉停在附近人家的屋頂。

「應該也不必我轉達吧。」

那隻烏鴉是高良的職神。有時不知不覺間牠就在附近，彷彿在監視著澪。澪的一舉一動，高良都瞭若指掌吧。澪一陣語塞，閉口不語了。

青海打開後車座車門。澪上了車，漣也從另一邊坐上來。波鳥坐到副駕駛座。意外見到哥哥，波鳥顯得有些開心。這對兄妹感情很好。

「哥哥，這件洋裝，是之前澪小姐，還有茉奈同學一起幫我挑的。」

「太好了，很適合妳。」

兩人和睦地交談著。

澪偷看旁邊的漣。漣的臉對著窗外，感覺在說「不要跟我說話」。澪也看向車窗，呆呆地看著流過窗外的景色。她看見烏鴉從屋頂上飛走了。

聽說高良──千年蠱原本是巫者。一名咒術者透過詛咒，將他的死靈化成了千年蠱──爲了讓他死後仍不斷轉生，永遠禍害世間。

在世的時候，他的名字叫巫陽。一想到這個名字，澪的心胸便會無端興起波瀾。明明沒有任何記憶，卻會奇妙地感到懷念。

千年蠱出生──被製造於春秋時代的楚國，歷經漫長的歲月，遠渡日本，邂逅了一名少女──麻績王的女兒多氣王女。千年蠱與多氣王女墜入了愛河。然而千年蠱中了計，殺害了多氣王女，甚至對她下了詛咒。

——每當千年蠱轉生，多氣王女也會跟著轉生，並在二十歲以前，遭到邪靈吞噬而喪命。

是這樣的詛咒。

侵蝕澪的詛咒就是這個。妳會在二十歲前死去。她自小就無數次聽到身邊的邪靈對她如此詛咒。

每個人都說，澪就是轉生後的多氣王女。高良也這麼說，但澪當然沒有這樣的記憶。她到現在依然難以完全置信。但她還是必須相信，並採取行動，否則可能會沒命。她絕對不想死。爲了活命，她必須解開詛咒——千年蠱對她施下的詛咒。

高良說，如果想要解開詛咒，就殺掉他。還說這是唯一的方法。

祓除千年蠱。如此就能解開澪的詛咒，高良也能得救。能夠從不斷地轉生，並且每次轉生，都眼睜睜看著轉生後的多氣王女淒慘地死去的痛苦解脫。

若是祓除千年蠱，高良也會消失。從這個世上消滅殆盡。對他來說，這才是救贖。

——這眞的是救贖嗎？

澪注視著流過車窗外濃烈的樹木綠意，以及清澈的藍天。

烏鴉飛進敞開的紙門內。高良躺在床上，望向烏鴉，說了聲「辛苦了」。烏鴉旋即消失無蹤。

「吁……」高良嘆了口氣，閉上眼睛。全身倦怠，連睜開眼皮都懶。

「這季節對你太難熬了。」

不知不覺間，忌部秋生就坐在枕邊，溫文儒雅地微笑著。

「……忍到夏至就沒事了。」

雖然懶得開口，但高良還是回應。秋生不是活人。秋生生前，兩人是朋友，現在仍是。

「陽氣太烈了，我都快呼吸不過來了。」

幽靈不會呼吸——高良連這麼抬槓的力氣都沒了。陰曆四月的現在，陰氣徹底消散，充斥著全然的陽氣。萌芽的生命迎向鼎盛，邪靈的陰影變得稀薄。每逢這個時節，以邪靈爲食、實體是蠱物的高良也會跟著衰弱。而夏至過後，陰氣滋生，日漸增長，邪靈也跟著活躍起來。但一般來說，不必等到夏至，隨著梅雨的腳步接近，高良的不適也會跟著好轉。

因爲知道會變得衰弱，所以他在宅子周邊縝密地布下結界，盡量不動，關在屋裡，極力不跨出半步。

「叫和邇多派點人手如何？只有結界感覺靠不住吧？」

高良只是厭煩地揮了揮手，否決秋生的建議。和邇是蠱師一族，從遙遠的古時便一直援助著千年蠱。青海也是因爲這層關係，才會負責照顧高良。但高良不打算讓更多人待在自己身邊。

「我一直是這樣過來的。一堆沒用的人在身邊閒晃，也只是礙眼。」

秋生「哈哈」笑了。

「可是，」他收起了笑。「眞的沒問題嗎？現在的日下部不是非常積極嗎？」

「是嗎？」

高良想起前陣子遇上的日下部一族的青年。他不知道他叫什麼名字，也不在乎。雖然態度十分好戰，但也不覺得有多認眞。證據就是對方一下子就撤退了。日下部一族和和邇相反，一直以打倒千年蠱爲目標。

「日下部因爲職責所在，所以不得不跟我作對。他們一族只是被迫扛起了麻煩的任務，明明早點拋棄那什麼職責就沒事了。」

高良嘲笑說。他覺得那些人實在可悲，受到職責、習俗那些束縛，甚至無法爲自己去過只有一次的人生。

——但還是比我好多了嗎？

他一而再、再而三地獲得生命，只爲了受盡折磨。他重複著充滿了絕望與空虛的生命。即便如此，無論重複多少次，每一次失去重生後的多氣，那種痛苦便鮮烈地扯裂心胸，讓他崩潰。

——自作自受嗎？

無法相信多氣，認定她背叛了自己，殺死了她的不是別人，就是自己。對她下詛咒的也是自己。這份痛苦，是自己招來的。

他忽然想到。

——在無數次重生之中，每一次都失去多氣，和就此再也見不到多氣，哪一邊比較痛苦？

多氣總是死於非命，但只要重生，就一定能見到她。高良忍不住在痛苦之中尋找喜悅，然後這又更讓他痛苦。明明多氣是爲了死去而重生的。由於他的詛咒。

就連喜悅都是痛苦，他只全心全意盼望結束這一切。拜託斬斷這沒有終點的生之輪迴吧！

澪能實現他這個願望嗎？眼底浮現那名少女的臉。她有著和多氣一樣的容顏，瞳眸似乎比多氣更堅強有力，卻又脆弱無比。

巫陽。被她這麼呼喚，令人喜上雲霄。

青海送一行人到紅莊後，沒有下車，直接離開了。波鳥看起來有些失落。

「妳可以偶爾去找妳哥哥玩啊。或是請他來這裡。」

「哥哥很忙……」

眞會爲哥哥著想，澪心想。看看漣，他臉上寫著「跟妳天差地遠」。

傍晚的時候，八尋出院回來紅莊了。他說檢查花了點時間。

「沒事眞是太好了。」

玉青露出安心的笑容。矮桌上擺滿了她大顯廚藝張羅的晚餐。

「有事啊，我額頭縫了好幾針耶。」

「只縫了幾針就沒事，不是很好嗎？」

八尋苦笑，玉青把盛得滿滿的飯碗遞給他，是雞肉豆皮炊飯。玉青說她盡量準備了八尋愛吃的菜色，矮桌上有附上滿滿的生薑、洋蔥、茗荷等調味料的炙烤鰹魚片，以及蜆湯、涼拌茄子和燉馬鈴薯。鰹魚片是朝次郎用小炭爐烤的，散發出迷人的炭香。涼拌茄子裡的紅辣椒滋味鮮明，也非常美味。

「——那，寶來女士那邊問得怎麼樣？昨晚的怪事我已經聽說了。」用完飯後，八尋邊喝茶邊問。漣要言不煩地說明從尚代那裡聽到的內容，以及屋子裡的狀況。有些部分應該和住持那裡聽來的重複了，但八尋沒有插口，聽到最後。

「大黑天啊，這樣啊……」

聽完後，八尋交抱起手臂沉思起來。

「請問。」澪舉手發言。

「這裡又不是學校。」八尋笑了。「什麼事？」

「除了剛才那些以外，裝人偶的盒子，蓋子裡面寫著『太一』兩個字。」

「太一？」

「我本來以爲是過世的小孩的名字，可是聽說過世的孩子是女生。」

「哦。」八尋點點頭。「那個啊，我拿到人偶的時候也看到了。」

「那兩個字是怎麼回事？」

「從你們剛才說的內容聽來，那也是大黑天信仰的一環吧。」

八尋沒什麼地說。

「也就是說……？」

「『太一』的發音不是妳說的『TAICHI』，而是讀作『TAIITSU』。」

「TAIITSU？」

「是北極星的神格化。在『易』裡面，叫做『太極』。」

「易……」

「易是古代中國的哲學，是關於宇宙和萬物的觀點。最初有『混沌』，『混沌』生出陰陽，陰陽混合，生出萬物。這『混沌』也就是『太極』。然後，『混沌』在古代中國的天文學裡是北極星，也就是『太一』。然後，『混沌』也是『子』。」

澪愈聽愈混亂。八尋拿起旁邊的傳單和筆，在傳單背面寫下文字。中間是「混沌」，周圍寫下「太極」、「太一」，各別以「＝」相連。

「『子』這個字是『了』加上『一』，同時擁有終結和起始。以五行來看月份，子月是陰曆十一月，包括了冬至。是陰盡陽萌，一陽來復的時節。是陰的結束，也是陽的起始。是陽氣與陰氣交融的混沌，所以『子』也就是『混沌』。因此『子』也是『太極』或『太一』的象徵。——然後，這『太極』因爲它的讀音，與大黑天融合在一起。」

八尋在「太極」上面寫下讀音「TAIKOKU」，補上「＝大黑」[8]。

「因爲讀音相同而融合在一起，是常見的現象，同樣也讀做TAIKOKU的大國主命，也和大黑天融合在一起。然後，『大黑』也等於『子』，所以子月子日就成了大黑天的祭日。」

懂嗎？八尋從傳單抬起目光。澪回應「大概」，點了點頭。

「所以『太一』也跟大黑天信仰有關對吧？」

註

8：「太極」在日文中，讀音爲「TAIKYOKU」，但以不同的漢字讀法，亦可讀爲「TAIKOKU」，亦即與「大黑」、「大國」同音。

「就是這麼回事。」

八尋說著，卻又抱起了手臂，若有所思地盯著傳單上的字。

「是這樣沒錯……可是怎麼說，總覺得不太對……」

他嘴裡嘟嘟噥噥，想要伸手搔頭，澪提醒：「小心傷口。」「啊，對喔。」八尋放下了手。「拆線前都得當心呢。」

「你說『不太對』，是什麼意思？」漣插口。

「唔……還不太清楚呢。如果是大黑天信仰，實在不明白跟人偶有什麼關係。——去看一下人偶好了。」

八尋拍了一下腿起身。人偶放在盒子裡，一直擺在佛間。眾人一起過去，發現照手在佛間前面的走廊上。祂蜷成一團正在睡覺。

「照手，你一直在這裡嗎？」

澪出聲，照手倏然抬頭，伸了個懶腰站起來。祂走向波鳥，因此波鳥蹲下來抱起祂。是在聽從澪叫祂保護波鳥的囑咐嗎？

「你是在這裡監視，免得人偶作怪嗎？」

澪摸了摸照手的頭，照手瞇起了眼睛。

「現在是邪靈的力量相對較弱的季節，所以或許就算出什麼亂子，也只是『惡作劇』的程度而已。」

八尋說著，打開紙門。榻榻米上擺著盒子。

「那，如果是其他季節……」

「只是嚇嚇人，滿足不了它吧。」

澪感到脖子一涼。

「可是，沒聽說保管人偶的能布子女士周圍發生過什麼可怕的事。只有她奇妙的祭祀儀式在親戚之間蔚爲話題。……這表示能布子女士成功壓制了人偶——藉由祭祀大黑天。」

這到底是怎麼個原理呢？八尋喃喃道，跪到盒子前。掀起蓋子，取出以布包裹的人偶。拿掉外層的布後，他拿起人偶左右端詳，接著又默默地重新包好，收回盒子裡。

「跟我上次看到時沒什麼不同。」

八尋起身離開和室，沒有久留。

「那個人偶裡面……是過世的孩子嗎？」

澪問，八尋微微歪頭：

「不曉得呢。能布子女士的阿姨把那個人偶當成過世的孩子，像活人一樣對待。我覺得那與其說是死去的孩子，更像是已經生出了別的什麼。」

「別的什麼……」

「所以才可怕。」

八尋低聲說道，回望闔上的紙門。

那天晚上風平浪靜。是多虧了照手的守護嗎？

隔天早上，澪和波鳥一起乘上公車去上學。八尋說今天會把人偶驅邪之後，予以焚燬。

「麻生田先生沒問題嗎？」兩人在公車上搖晃著，波鳥擔心地說。「他才剛出院而已……」

「他會量力而為，應該沒問題。」澪答道。

八尋不會爭強好勝。他明白自己的力量到哪裡。澪還無法看出自己的極限，也覺得一旦看出了極限，就無法成長到能袚除千年蠱了。

「結果他說要像能布子女士生前祭祀那樣來袚除看看……」

大黑天信仰。雖然八尋對此似乎有些疑慮。

「大黑就是太極，也就是太一……感覺很複雜又很單純……」

「也是大國主命呢。」波鳥補充說。

「他也這麼說過呢。因為讀音一樣。」

「好像也是因為扛著袋子的模樣一樣。」波鳥說。

「哦，原來如此……」

確實，大黑天和大國主命都扛著袋子。

「子月子日是大黑天的祭日，據說也是因為大國主命的神使是老鼠。但是重要的神明祭日是來自於神使，也覺得根據有點薄弱……畢竟神使是使者，並非神明本身。」波鳥又說。

「咦……」澪十分佩服。「妳知道得好多。」

「不，這些都是哥哥說過的，我只是……」

波鳥再次惶恐萬分，害羞不已。

「妳哥哥好博學喔，之前他也告訴我很多事。」

在這方面，青海和八尋或許十分相似。雖然氣質大不相同。

哥哥被稱讚，波鳥顯得很開心。或許比自己被稱讚更高興。

——在這個時間點，澪相信八尋會搞定人偶，因此完全把它拋諸腦後了。

她疏忽了。

公車在離學校最近的公車站停了下來。澪和波鳥及其他學生一起下了車，正要往前走去，忽然一陣驚嚇。有個冰涼的東西碰了她的小腿，澪低頭一看，差點尖叫，好不容易才把聲音吞了回去。

那個人偶就靠在澪的腳上。穿紅衣的御所人偶。

「澪小——」

波鳥注意到出事了，出聲叫她，但澪反射性地抓住人偶往前跑。周圍有許多正在上學途中的學生，澪穿過他們之間。她沒有目的地，只知道必須讓人偶遠離人多的地方。

她跑過河邊的哲學之道，經過通往學校正門的小巷轉角。過了這裡之後，學生的人影就變少了。澪在小石橋前暫時停步，肩膀起伏大大地喘氣。波鳥從後方追了上來。她比澪喘得更厲害。

澪用手抹去額頭的汗，調整呼吸，不經意地往石橋一看，吃了一驚。橋的對面有一對石燈籠，深處是一條石板地小徑，是前些日子和茉奈及波鳥一同拜訪的地方。

——大豐神社的參道。

一陣風吹過，小河潺潺聲突然變得好近。潔淨的空氣飄了過來。澪覺得受到了召喚。雖然不知道是誰在召喚她。

「大豐神社……大國主命。」

——狛鼠。

頭上傳來振翅聲，一枚黑色的羽毛飄了下來。仰頭一看，有隻烏鴉在那裡，是高良的職神。

「人偶最害怕的，莫過於被老鼠咬。」

高良的聲音響起，是從烏鴉那裡傳來的。

「很簡單。那是子的咒術。」

澪知道，高良是在提供建言。

——子的咒術……

把人偶放在屋子北邊子的方位、收在寫著「太一」二字的盒子裡、祭祀大黑天、在子日誦經。

「全都是老鼠……」

澪喃喃道。子的咒術。用老鼠一層又一層將它團團圍繞。

——因爲人偶怕被老鼠咬。

澪望向人偶。那張塗上胡粉的白皙臉蛋，理所當然看不出表情。但定定地望著，漆黑的眼睛深處有東西在蠕動。就像蟲子，或是反光的蛇體，或是窺覷著漆黑的水面……澪屏住呼吸，別開目光。

她重新抱好人偶，做了個深呼吸，經過石橋。前方不見半個人影，靜謐得可怕。過了橋，才剛踏上參道一步，頭髮就從後面被拉扯，澪回過頭去。波鳥跟在斜後方，但背後當然沒有人。某處傳來小孩子的哭聲。

「我們快走。」

澪對波鳥說，拔腿前奔。兩人的呼吸聲聽起來異樣地刺耳。周圍的樹木嘩嘩搖擺。澪發現除了她們粗重的喘息聲以外，還摻雜了別的呼吸聲。腳步沉重。有種濕氣黏附在皮膚上的不舒服。

「……雪丸！」

澪擠出聲音大喊。白狼從腳下現蹤，奔過天際，在澪的周圍繞了一圈。一陣清涼的風吹過，窒悶感消失，腳步變輕盈了。空氣恢復潔淨。澪深吸一口氣，邁步向前。可以跑得比剛才快上許多。奔過石板地，健步如飛地穿過鳥居。

進入境內往右前進，前往祭祀在深處角落的大國主命的祠堂。那裡鎮坐著一對狛鼠。從這裡看過去的右側，是手拿卷軸的老鼠，左側是抱著水玉（酒器）的老鼠。澪站在祂們之間，深深吁出一口氣，閉上眼睛。

——要召喚的不是神明。

腦中想像的是狛鼠。應該要召喚的是老鼠。

澪將意識集中在自己的內在。

周圍的聲音消失，只感覺到潔淨的空氣。隨著意識朝向內在愈來愈深地沉潛進去，自身的輪廓反過來變得模糊，內外化爲一體。

不知不覺間，自己被濃稠的黑暗所籠罩。那是無盡深邃的黑暗，但並不可怕，而是像擁抱一般，慈愛而柔軟的黑暗。

幽微昏冥的黑暗……她知道那是神的形姿。黑暗中，一盞、兩盞，陸續出現螢光般的火光。幽幽泛光的事物，是老鼠。一隻、兩隻、三隻……接連不斷地出現，老鼠們似乎正朝某個方向走。祂們的目標是人偶，老鼠們團團包圍了人偶。轉眼之間，人偶就被蜂擁而上的老鼠湮沒看不見了。

喀滋……喀滋……喀滋……削木頭般的聲音不絕於耳。老鼠在啃人偶，傳來小孩的哭泣聲。不對，那不是小孩，是別的東西。是很像孩童哭聲的某種駭人之物的低吼聲。聲音綿綿不絕，但漸漸變得斷續，愈來愈小。啃噬的聲音持續著，哭聲消失了。

感覺有人握住自己的手，澪睜開了眼睛。境內的風景映入眼簾。往旁邊一看，波鳥正一臉擔心地仰望著她，握著她的手。自己應該抱著人偶，手中卻空空如也。波鳥指向地面。地上散落著木屑，還有化成碎片的紅衣。澪赫然倒抽了一口氣。看看波鳥，她臉上微現笑意，點了點頭。

「把殘骸蒐集起來，交給麻生田先生焚燬乾淨比較好。」

波鳥從口袋裡取出手帕，蹲下來撿拾原是人偶的殘骸。澪也跟著一起做。

澪似乎成功召喚了大國主命的神使——老鼠。召喚伴隨著風險，但有波鳥在一旁協助。即使與神同化，忘了自我，波鳥也會把她帶回來，所以澪可以放膽去做。

波鳥把蒐集起來的殘骸用手帕包好，收進書包裡。澪站起來，回望祠堂，在內心道謝，一陣清涼的風柔和地撫過臉頰。

「大國主命也是咒術的神明呢。」波鳥說。

「那……對蠱師來說，也是重要的神明囉？」

所以剛剛才會協助她嗎？澪忽然想到。

書包裡的手機震動起來。取出來一看，是八尋打電話來。

「抱歉，小澪，人偶不見了，有沒有跑去妳那裡？」

「有的。不過已經沒了。」

我好像把它祓除了——澪說，八尋很驚訝：

「怎麼做的？——妳讓大黑天降神了嗎？」

「不，我請老鼠把它咬碎了。」

「老鼠？」

「那好像不是大黑天信仰，而是子的咒術。高良說，人偶最害怕的莫過於被老鼠咬。」

八尋在電話另一頭啞然了半晌。

「……我的修行還不到家吶。」

感覺好像可以看到八尋搔頭的模樣。

八尋把人偶的殘骸燒掉了。聽說寶來家和寺院住持討論之後，會重新供養過世的孩子和母親。

「這次我欠了小澪一回呢。」八尋說。

「還有波鳥喔。」澪回道。

「是啊，我請妳們兩個吃飯當作回禮吧。想吃什麼？」

澪和波鳥面面相覷。

「波鳥，妳有什麼想吃的嗎？」

「也沒有……」

「妳喜歡甜食對吧？那，蛋糕好了。學校附近咖啡廳的蛋糕。」

「這樣就行了？年輕人怎麼這麼不貪心？」

八尋笑著，掏出錢包說：

「我包個紅包，妳們自個兒去吃吧。」

「八尋叔叔不去嗎？」

「跟兩個女高中生一起吃蛋糕？饒了我吧。」

「又沒關係。」

八尋苦笑：

「要是松風跟村雨鬧脾氣作弄人就糟了。」

松風和村雨是八尋的職神。是白專女——白狐的形姿。

「祂們會作弄人嗎？」

「會吃醋。」

八尋只是這麼說，沒有更進一步說明。聽說八尋的老家麻生田家全是兒子，不會生女兒。雖然在外面有妾室，卻不會娶正妻。因為職神白專女會嫉妒。

「……麻生田先生什麼時候拆線呢？」波鳥問。

「下星期吧。」

「那，到時候大家一起慶祝康復吧。」澪說。

「哈哈。」八尋笑了。「吃蛋糕慶祝嗎？」

「是的。」

「小澪眞是個好孩子。」

「不用巴結我啦。」

「哈哈，害羞喔？」

澪覺得八尋這樣就像親戚叔叔一般，想起八尋那兩隻形姿可愛的白狐職神。

週末，澪和波鳥一起去大豐神社致謝。她覺得既然借助了神力，就必須鄭重致謝才行。兩人預定拜完後去咖啡廳吃蛋糕。

投入香油錢，對祠堂膜拜。接著也向一對狛鼠道謝。狛鼠石像還是很可愛。

澪無意識之間仰望天空，尋找烏鴉——高良職神烏鴉的蹤跡。最近都沒看到高良的人影，前些日子他提出建言，也是透過烏鴉。他是怎麼了嗎？

沒看到烏鴉。澪正準備離開境內，有人叫了她：

「麻績的妹妹。」

她一陣悚然。是聽過的聲音。

回頭一看，日下部出流站在拜殿前面。出流是漣的大學同學，也是蠱師日下部一族的成員。日下部一族以消滅千年蠱爲使命。出流露出文雅的笑容，卻散發出城府深不可測的詭異。

「不好意思，打擾妳跟朋友相處。」

出流說著便靠過來。波鳥露出害怕的表情，澪將她護在身後。波鳥以前曾經遭到出流暴力對待。

「別怕，我馬上就走。」

出流笑容溫和地如此攀談，反而更讓人毛骨悚然，但這應該是故意的。澪瞪向出流。

「妳叫什麼名字去了？叫妳麻績就行了嗎？可是會跟妳哥搞混呢。噯，算了，反正現在問妳，妳也不會告訴我吧。」

澪不發一語。出流完全不以爲意，逕自說下去：

「我跟麻績保證過不會動妳，妳可以放心。我跟麻績是朋友，而且我是個遵守諾言的君子。」

「……我哥說你不是他朋友。」

「或許他這麼說，但我們就是朋友。麻績這個人口是心非嘛。他是個老好人，哈哈。」

「………」

「最近千年蠱是不是都沒出現？」

突然被這麼一問，澪一陣心驚。由於猝不及防，反應都寫在臉上了。出流笑了：

「被我說中了吧？妳知道爲什麼嗎？」

「爲什麼……」

「妳不曉得嗎？蠱師都知道，那邊那個和邇家的女生應該也知道。都沒人告訴妳嗎？」

澪回看波鳥。波鳥爲難地低下頭。澪把臉轉回正面：

「如果有什麼不能告訴我的理由，我無所謂，而且我也不想從你那裡聽到。」

「是喔？」出流的嘴唇依然笑著，眼睛卻沒有半點笑意。

「我倒覺得妳最好知道一下。我可是一片好心才來告訴妳的。萬一千年蠱被日下部打倒，妳會很困擾吧？因爲妳想袚除千年蠱嘛。」

他到底想說什麼？澪觀察出流的表情。看不透他的眞心。

「我也不是要賣關子，就告訴妳吧，千年蠱抵擋不了現在這個季節。」

「咦？」

「抵擋不了。」這句話讓澪心頭一震。

「在陽氣最強的現在這個季節，千年蠱會衰弱下去。所以他必須施下強固的結界鞏固保護，無法離開八瀨。想想就知道了吧？邪靈也是，在這個季節特別虛弱。千年蟲也是一樣的。」

「……衰弱……」

——所以高良才沒有出現在我面前嗎？

「雨會帶來陰氣，所以等梅雨近了，力量也會漸漸回來。等夏至過去，就完全復活了。就是這樣。如果要祓除他，現在或許是最好的時機——」

祓除——趁他衰弱的這時候？

澪的視線游移起來。從出流的臉轉向本殿、天空和地面。面對沉默的澪，出流溫柔地微笑：

「如果妳覺得自己還沒有辦法祓除，就更應該當心。妳最好也要安安分分，不要惹出麻煩。要是鬧出什麼把千年蟲逼出八瀨的亂子，咱們也不得不出面對付他了。」

澪再次仰望出流：

「……聽起來好像你不想對付他……？」

「我才不想哩。麻煩死了，搞不好還會害自己沒命。我也跟麻績說過，這是一族的使命，所以還是得敷衍一下。我也是費了很大的心思的。」

澪摸不準出流的意圖，蹙起眉頭：

「既然不想做，爲何還要攬下這個使命？」

聽到澪的問題，出流第一次不悅地板起了臉孔：

「又不是小孩子了，這點道理妳也懂吧？消滅千年蠱是日下部一族背負的使命，歷代祖先一路傳承的使命，怎麼容得你半途而廢？」

「誰容不得？」

「祖先啊。還是應該說血統？要是放棄這個使命，就等於否定了祖先，從根本否定了日下部一族。所以是騎虎難下啊。總之就是羈絆、傳統吧。」

——一族的傳統……

澪想起了八尋。麻生田一族因爲有了職神，所以無法娶妻，也沒有可以叫母親的對象。

「那對我無關緊要，所以我不想做。但因爲是一族的規矩，沒辦法違抗。有許多苦衷啊。」

出流恢復了原本的笑。

「因爲這樣，形式上我是千年蠱的敵人，但只是形式上而已。我個人是這樣啦。要是被族裡其他人發現就麻煩了，要替我保密喔。妳不必相信我，但千年蠱在現在這個季節會衰弱是事實。妳可以問旁邊那個女生。知道這件事以後，再決定要怎麼做就行了。」

我要怎麼做，用不著你來指點——澪這麼想，但沒有說話。出流說完想說的話，說了聲「那，替我向麻績問好」，然後離開了。

「高良大人在現在這個季節會變得衰弱是眞的。」

澪還沒開口，波鳥便說了。

「每年到了這個季節，高良大人都會關在八瀨閉門不出。可是，高良大人囑咐不能告訴澪小姐……」

「高良這麼說？」

「是的。」

——爲什麼……？

是爲了不讓我擔心嗎？澪低頭看腳下。她可以猜到。高良有著這樣的一面。重生過無數次的他，早已學會了達觀。他不依靠別人，對別人也沒有期待。獨自扛起一切——不論是痛苦還是艱辛。

因爲他相信，這一切都是他咎由自取。

澪仰望天空。高良說他派烏鴉監視著澪。烏鴉一定正躲在某處看著她。

「……我會乖乖的。免得要你趕來搭救。」

澪對著高良說。

「所以，你也不要勉強自己。」

某處傳來振翅聲。

「巫陽。」

呼喚這個名字時，澪的感受非常特別。

愛情在細雨中詛咒

霧雨に恋は呪う

愛情在細雨中詛咒

楓樹即使是綠葉也十分美麗。在秋季如火如荼地染紅庭院的樹木，現在這時節都掛起了層層疊疊的綠帳。陽光從樹葉間灑下，落在布滿綠苔的地面。

澪看著庭院，撫摸著腿上的照手。照手蜷著身體，睡得正香。

「妳最近都沒出門。」

不知不覺間，漣來到身後。

「也還好吧？」

「明明就是。」

澪沒有告訴漣前些日子出流出現找她的事。不知怎地，就錯失了告訴他的機會。

漣在旁邊坐下來，直盯著照手看。照手的耳朵一抖一抖地動著。

「你想摸照手對吧？」

「才沒有。」

漣冷冷地說，從照手別開目光。

「想摸也不行喔。寵別人的職神，會讓自己的職神鬧脾氣。」

漣八尋都來到廊台了。他端著托盆，上面有三個茶杯及薯蕷饅頭。

「不只是麻生田叔叔的職神，漣兄的颪和朧也會這樣嗎？」

松風和村雨愛吃醋這件事，她已經從八尋過去的說法中得知了。

「是啊。」漣應道。

難不成雪丸對自己這麼冷淡，是因爲自己老是摸照手的關係嗎？……

澪心想。

八尋坐了下來，將茶杯和裝饅頭的碟子分別擺在澪和漣旁邊。茶杯裡氤氳出煎茶的蒸氣。澪和漣不約而同地齊聲說「謝謝」，八尋笑了。

喝了一口茶，八尋看向澪：

「剛才的話題，我也覺得小澪最近都沒有外出。」

「八尋叔叔偷聽我們說話嗎？」

「噯，別生氣。——妳聽誰說了千年蟲的事嗎？」

澪「嗚」了一聲，差點把正在喝的茶水潑出來。

「千年蟲的事？」漣問澪。

「現在這季節，千年蟲都會閉關在八瀨。」八尋回答。「因爲陽氣很強。漣不知道嗎？」

「……不知道。」

漣回應，板著臉沉默了。

「噯，漣還是菜鳥嘛。我本來以爲潮先生會告訴你。」

八尋滿不在乎地說了漣最在意的「菜鳥」二字笑了。潮是漣和澪的父親——雖然在戶籍上，澪的父親是潮的弟弟。

「就算知道，跟我們也沒什麼關係嘛。我們又沒有要消滅千年蟲。而且接近這時期，對方也會嚴密防守，固若金湯。會住在八瀨，也是爲了這段閉關的時節吧。」

最後一句話讓澪感到不解：「什麼意思？」

「八瀨不是位在京都的鬼門方位嗎？蠱師住在鬼門方位，是爲了守護，但千年蠱則是相反。鬼門，也就是丑寅的方位，以時間來說是丑刻到寅刻，也就是凌晨一點到凌晨五點，從半夜到清晨。以一年來說，丑月是十二月，寅月是一月，是年關之交。以四季來說，就是冬末春初，季節更迭之際。簡而言之，就是『境界』，是陰陽交替之時。這不光是時間，也適用於空間。丑寅是由陰轉陽之處，是陽之前的陰，是黑暗，是鬼隱身之處。『鬼』這個字，和名寫做『於爾』，也寫做『隱』。」

八尋用手指在半空中寫下「陰」字。他的講解還沒完：

「八瀨在比叡山的西麓，你們也知道這裡的居民被稱爲『八瀨童子』吧？他們自稱『鬼的子孫』。八瀨童子在天皇的葬儀和即位時負責抬轎子。由鬼的子孫來抬轎呢。爲何他們既是童子又是鬼，一樣因爲是丑寅的關係。童子在易當中就是童男。以方位來說，丑寅相當於自然或是山地。丑寅的山，加上童子，所以是八瀨童子。然後，丑寅同時也是陰，是鬼的象徵，所以也是鬼的子孫。換言之，八瀨童子內含了丑寅的陰陽交替之力，之所以和天皇的世代交替有關，也是因爲具有這種咒術上的意義——有這樣的說法。這可不是我想出來的喔。不過我支持這個解釋。若不是這樣，千年蟲不會住在八瀨。」

八尋滔滔不絕了一陣，喝了口茶，吁了一口氣。

「——我是這麼推測啦，但實際上怎麼樣不曉得。知道了也不能如何。就像我剛才說的，我並不想消滅千年蟲，所以與我無關。」

但是和澪有關。因爲澪想要祓除千年蟲。

「小澪不會想趁這個機會祓除千年蟲嗎？」

八尋把饅頭剝成一半，丟進嘴裡說。饅頭是紅豆泥餡。

「問得那麼輕鬆……。如果能趁他衰弱的時期祓除，應該早就成功了。」

「就是啊。」

本以爲八尋就此罷休了，沒想到他說：

「不過，應該不是這個理由吧。」

他說了令人費解的話。

「理由？什麼意思？」

「無法祓除千年蠱的理由。」

「……？」

澪更不懂了。她歪起頭，八尋把一顆饅頭放到她手上：

「嗳，吃吧。不過茶是我泡的，或許不太好喝。」

澪滿腹疑問，但還是交互看著八尋和饅頭，行禮說：「……謝謝。」

「天氣預報說下星期好像要變天了。」

八尋指著天空說。今天的天空萬里無雲。

「開始下雨，召來陰氣的話，千年蠱又可以威風登場了。」

漣低聲呢喃：「邪靈也是。」

＊

這天茉奈前來打掃家墓。

茉奈家的墓地在若王子山墓園。鹿谷東邊的山腳有間若王子神社，離茉奈就讀的高中也很近。每個月一次，不只是茉奈家，叔叔和叔母也會輪流過來清理墓地。這個月輪到茉奈家，茉奈以零用錢做為報酬，自願前來打掃。這個季節，只要一個月就會雜草叢生，因此清理起來相當辛苦，沒有人想幹這份差事。但這幾天經常下雨，差不多就快進入梅雨季了，家族討論應該趁著梅雨前清理一下。

今天的天空也烏雲密布。感覺隨時都會下雨，灰色烏雲低垂籠罩。如同若王子山墓園這個名稱，墓地位在山上，只能徒步登上狹小的山路前往。路整理得很平坦，多處也都有鋪設。由於並不陡急，不至於難走，但四周圍被森林覆蓋，鬱鬱蒼蒼地一片陰暗。「小心野豬」的警告牌每次看到都令人心驚。不管哪時候來，都沒什麼人影，一片冷清。今天上山的時候，以及清理期間，都沒有遇到任何人。

茉奈戴上工作手套，奮力拔除青翠茂密的雜草，換掉枯萎的供花，在墓碑淋上清水。因爲是山裡，所以很涼爽，但一連串忙碌之後，還是流了滿身大汗。茉奈不想被蚊蟲叮咬，所以穿了長袖上衣和牛仔褲，但實在悶熱。她用毛巾抹汗，把拔掉的雜草塞進垃圾袋裡，正準備收工回家時，發現了一件事。

墓地深處站著一名男子。男子在茉奈的斜前方處背對這裡站立。上身微屈，似在窺看墓地，而且身體不停地左右移動。從那副模樣，茉奈猜出他可能是在尋找遺落的物品。她把垃圾袋放到地上，穿過墓碑之間，走近男子。墳墓都很古老了，擠在不甚寬闊的範圍裡。周邊樹木圍繞，光線陰暗，從背影來看，只看得出似乎是一名年輕男子。穿著白襯衫。

「你掉了什麼東西嗎？」

茉奈出聲，男子卻沒有反應。男子沒有回頭，也沒有回話。這個距離應該聽得到啊？茉奈納悶，繼續走過去。她正想再次出聲，被腳下的高低差絆了一跤，往前栽倒。地面隆起一塊，好像是樹根伸過來了。幸好沒跌倒，她鬆了一口氣，直起身子抬頭一看，忍不住驚叫了一聲：「咦！」

沒看見男子的蹤影。她四下張望，卻不見半個人影。

——是裡面有小路嗎？

茉奈大惑不解，走近男子先前所在的墓地。她來過這裡好幾次了，但又不是守墓人，並非掌握了墓地的每一個角落，只會去參拜家墓而已。

男子先前站立的位置前方，有一座宏偉的墓。墓牆內有座老舊氣派的墓碑，刻著家名「小眞立家」。「小眞立」是讀「KOMADATE」嗎？刻字已經磨損變淡了。應該是相當古老的墓吧。墓碑布滿了青苔，被後方樹木伸來的藤蔓所纏繞。

「好氣派的墓喔……而且好古老。是這附近沒看過的姓氏……嗯？」

茉奈看著墓喃喃自語著，在墓碑前方、自己的腳邊發現一樣反光的小東西，蹲了下去。

——這是什麼……徽章？

茉奈想到的是社章或校章。撿起來一看，她發現不是。比社章那些大多了。是一枚平坦的圓形金屬章，看起來也像顆大鈕釦，但背面有個T字型的鉤子。看了一會兒，茉奈認出這是袖釦。父親不會別這種東西，但時髦的祖父會使用。

只有一顆。霧面的銀色表面雕刻著精細的斜紋。茉奈不懂飾品的好壞，因此說不出這樣東西是否高級。

——是在找這個嗎？……可是感覺一下子就能發現了啊……？

令人費解。找不到，是因爲那個人視力有問題嗎？不，視力不好的人，不太可能沒有人陪同，一個人來到山中的墓地，也不可能在茉奈差點跌倒、驚慌失措的短短幾秒鐘內，迅速閃人不見。

可能是幽靈——茉奈也不是沒想過這個可能性。但是看在她的眼裡，那個人就是個活生生的人，而且當時她壓根兒都沒想過會是幽靈。那個人千眞萬確，就站在這裡。

茉奈再次悄悄環顧周圍。杳無人影，只聞樹葉沙沙聲，以及偶爾傳來的鳥鳴聲。茉奈原本要把袖釦放回原處，卻停下了手。這陣子經常下雨，可能明天就要進入梅雨季了。如果丟在這裡，會不會被雨淋而生鏽？她想到這一點。

「唔……」

這下傷腦筋了，茉奈猶豫起來。送交派出所嗎？就一顆小袖釦？剛才那個人可能會回來，把它留在墓地旁邊是不是比較好？可是萬一下雨……

茉奈正委決不下，有東西碰到了臉頰。是雨滴。雨滴在墓碑和地面點綴出斑駁花紋，得在下大雨前趕快下山才行。茉奈連忙把袖釦收進口袋，抓起垃圾袋，快步離開墓地。

「——就是這樣。」

茉奈說著，把袖釦放到桌上，霈陷入啞然，旁邊的波鳥也一臉蒼白地盯著袖釦。那顆袖釦無庸置疑，籠罩著邪靈的黑色蜃影。現在是學校的下課時間。

「茉奈……之前也發生過一樣的事吧？妳撿了東西。」

「哦，妳說鏡子？對耶。」

是附有邪靈的隨身鏡。茉奈是很愛撿那類東西嗎？
「掉在地上的東西，最好不要亂撿。」
而且還是墓地的東西。
「是這樣沒錯，可是下雨了，也不能丟在那裡啊。」
茉奈遇到的男人，不管怎麼想都是幽靈吧。澪注視著袖釦，尋思該怎麼辦才好。
「咦？怎麼了？這是什麼不妙的東西嗎？跟那個鏡子一樣。」
見澪和波鳥都一臉凝重地看著袖釦，茉奈焦急地問。
「很不妙啊。」澪直截了當地回答。
「咦～，可是那個男的看起來真的不像什麼幽靈，就是個普通人……」
「可是他消失了吧？」
「不知道耶，我沒看到他消失的瞬間。可能有什麼祕密小徑吧。」
茉奈實在很悠哉，但也許這樣解釋，實際上更為合理。

但這個袖釦不行。

「把它放回原處吧。」

澪說，茉奈回應：

「不用驅邪嗎？」

「把它放回去，如果什麼事都沒發生，就不用管了。反正又不是遇到作祟。」

「這樣啊。」

茉奈有些鬆了一口氣地靠到椅背上。但她很快地又「嗯？」了一聲，把身子往前探：

「妳說如果什麼事都沒發生，那如果發生了什麼事，要怎麼辦？」

「我會找麻生田叔叔商量。」

「哦，那個跟妳住一起的叔叔。」茉奈之前去紅莊的時候見過八尋。

「他看起來實在不像靈媒耶。雖然問我看起來像什麼，我也說不上來啦。」

「像學者之類的……？」

「啊～，有點像喔。很像在研究昆蟲或植物那些。」

「昆蟲……？」

「感覺會追逐罕見的蝴蝶之類的。」

茉奈心中的八尋到底是什麼形象……？澪訝異著，拉回話題：

「那，放學後我們一起去那個……若王子山是嗎？」

「可以是可以，可是那裡是山上耶。雖然路沒那麼崎嶇，眞的可以嗎？」

「我是覺得沒問題……」

澪看向波鳥，波鳥也點點頭：「沒問題。」

「希望放學的時候雨已經停了。」

茉奈望向窗外。覆蓋了整片天空的烏雲正不停地灑下細雨。

幸好放學的時候雨停了。但天色看起來隨時又會再下雨，因此澪等人迅速趕往若王子山。若王子山就在學校附近。

經過若王子神社前面，進入陰暗狹窄的坡道。這是通往墓地的道路。烏雲密布讓天色一片昏冥，樹木蓊鬱的山路更顯得陰森。而且安靜極了。澪一行人總覺得氣氛不適合聊天，默默地登坡。雖然山路並不陡峭，但實在不適合穿學生鞋與制服前往。至少如果穿的是運動鞋就好了。而且道路因為雨後而變得泥濘濕滑。留意著腳下走著走著，漸漸地開始上氣不接下氣。汗水直流，腳也痛了起來。坡道蜿蜒曲折，因此能見度不佳。還沒到嗎？正當澪快受不了的時候，前方出現了大片墓碑。周邊一帶全是濃密的森林所圍繞的墓地。除了這裡以外，山中似乎還散布著幾處墓地。

茉奈領著兩人前往撿到袖釦的墓地前面。就像她描述的，那是一座氣派的古老家墓，墓碑生了苔蘚，被藤蔓所纏繞。藤蔓開著白花。

「我也問過我爸媽這個『小眞立家』，但他們說附近沒有這個姓氏的人家。不曉得是以前有，還是別的地方的人家。雖然墓很老了，但好像都有人維護，所以應該住在某個地方吧。」

確實，墳墓沒有雜草，也供著鮮花，不是無人聞問的感覺。雖然也覺得藤蔓應該可以清一清，不過是因爲開著美麗的花，所以任由它長在那裡嗎？

茉奈從口袋裡取出袖釦，放到地上。她退了一步，回頭看澪：

「這樣就行了嗎？」

澪看了看袖釦和周圍。沒有特別的變化——除了袖釦上纏繞著黑色的蜃影。

忽然間，蜃影幽幽搖晃起來。澪嚇了一跳。蜃影像煙霧一樣升起，扭動。

「我們走吧。」

澪催促茉奈和波鳥，離開墓地。蜃影伸得更長了。澪頻頻回頭確認那景象，離開了墓地。

——要是它追上來，就叫雪丸趕走它。

這樣應該就行了。澪打定主意，殿後走在最後頭。雖然她很想用跑的，但感覺會滑倒，很危險。三人依著波鳥、茉奈、澪的順序走下山路。

開始下雨了。三人各自打開雨傘。灑下的雨絲和樹梢滴落的水滴不規則地打在傘面上。澪不時回頭看後方。周遭昏暗，又因爲下雨，視線不佳。沒看到黑色蜃影。有腳步聲。澪嚇了一跳回頭，卻不見人影。但除了雨點敲打地面和傘面的聲音之外，確實還摻雜了腳步聲。是跟著澪等人走下山路的腳步聲。澪凝目細看路面，卻看不清楚。只聽見「噠……噠……」的緩步行走聲。那是踩在雨濕的地面、摻雜著水聲的腳步聲。

「……小澪，波鳥，我可以說嗎？」茉奈忽然開口。「是不是……有腳步聲？」

「……對啊。」澪回應。

「有呢。」波鳥也說。

「後面有人跟過來了嗎？」

「沒有啊。」

「墓地也沒有人嘛。」

所以不應該有人從山上下來。澪緊緊地握住傘柄。

「是不是應該用跑的？」茉奈問。

「很危險，照這樣繼續走比較好。」

澪放慢行走的速度，稍微離開茉奈與波鳥。她停下腳步，細聲呢喃：

「雪丸。」感覺一陣風溜過腳邊，雪丸在坡道疾馳而上。澪回頭望去，只見雪丸的身影奔上山路，消失在平緩的彎道前方，下一秒又已經回到澪的腳邊了。雪丸仰望著澪，好像在表示已經把邪靈趕跑了。

「辛苦你了。」

澪細語說，想要摸雪丸的頭，雪丸卻在前一刻消失不見了。和照手不一樣，雪丸不肯讓澪撫摸。

澪輕嘆了一口氣，追上茉奈和波鳥。她以爲這樣就沒事了。

送茉奈到她位在鹿谷的家以後，澪和波鳥一起搭上公車，返回紅莊。可能是因爲下雨的關係，公車裡擠滿了乘客，十分悶熱，車窗一片霧白。抓著吊環站立的澪，在公車搖晃時撞到了旁邊的人，她正要道歉說對不起，卻沒有說出口。因爲她發現撞到的是一隻突兀地伸出來的手，一隻蒼白的手從後方伸向澪的腰際，是握拳的粗壯結實的男人手臂。澪嚥了口唾液。嘴巴裡都乾了。她還沒來得及呼叫雪丸，手臂便縮了回去。感覺縮回去的途中，拳頭張開，手擦過了澪的身體。

即使下了公車，澪也沒有打開雨傘，波鳥擔心地把傘遮了過來。

「怎麼了嗎，澪小姐？」

澪默默地把手伸進裙子口袋裡。那裡有種異物感。指頭碰到冰涼堅硬的東西。掏出來一看——

是那只袖釦。

「咦，這不是雕金的袖釦嗎？這算古董了吧。」

八尋捏起袖釦，細細端詳。澪等待深夜回來的八尋洗完澡，找他商量這件事。八尋在起居間擦著濕髮，聆聽澪的說明。

「什麼是雕金？」

「顧名思義，就是雕刻金屬而成的物品。不過不光是雕刻而已，還有敲花、色金[9]、鑲嵌等各種技術，是傳統工藝。喏，會用在刀子的裝飾那些。然後到了明治時代，因爲廢刀令而失去了需求，這些師傅開始改爲製作隨身飾品。就是這類袖釦、和服腰帶夾、懷錶等等。」

「那，這個袖釦是那個時代的東西嗎？」

「應該吧。是戰前的東西了，我也沒辦法鑑定。」

八尋拿起袖釦，對著起居間的燈光細看。霧面的銀色表面上布滿細緻的斜線，看起來就像雨絲。

「要我拿去問問行家嗎？我有認識的古物商。」

「可以嗎？」

「上次人偶的事，我欠小澪一份情嘛。」

「你已經請我們吃蛋糕了。」

註

9：色金（IROGANE）是日本特有的金工技術，以金、銀、銅等合金製作出各種色彩。

「哈哈，這種時候，說聲『謝謝』就行了。」

「謝謝。」

八尋笑了，說「問過之後要怎麼做，妳自己再想想看」，站了起來。

澪覺得不管怎麼說，八尋都很努力在扮演好師父的角色。

「好的。謝謝八尋叔叔。」

澪再次行禮。

天氣預報宣布梅雨季開始了。這幾天一直下雨，整座城市看起來一片煙雨迷濛。這天從昨晚開始，就不停地下著濛濛細雨。即使撐著傘，頭髮和皮膚也沾染著濕氣。路邊許多花朵都因雨淋而失色，唯獨繡球花愈顯嬌艷，傲然盛開。

後來茉奈身上沒有發生什麼怪事。澪也把袖釦交給了八尋，因此沒遇到什麼恐怖的事。只是邪靈隨著雨勢日漸活潑，讓她很吃不消。雪丸大顯身手，頻頻出動。

放學歸途中，和波鳥一起搭公車時，旁邊冒出一個全身濕漉漉、分不出是男是女的人影。不停滴落的水滴弄濕了澪的腳，冷氣讓露出短袖的手臂爬滿雞皮疙瘩。這是家常便飯了。每次澪都會派雪丸驅趕。

下了公車，澪嘆了一口氣。她打開雨傘，正要往前走，注意到前方的坡道轉角處佇立著一團黑色的蜃影。明明平常沒那種東西……她心裡想著，別開目光。

「要走別條路嗎？」

波鳥注意到邪靈說。雖然可以避開，可是那樣就變成繞遠路了。

「沒關係。靠著馬路另一側走，裝作沒發現就沒事了。」

澪說著，往前走去。要是每次看到邪靈就要繞路，實在前景堪憂。遇到緊急狀況的話，還有雪丸。澪低著頭，走在邪靈所在的馬路對側邊緣。

隨著距離拉近，她在傘下悄悄窺看對方。佇立在那裡的東西，從黑色的蜃影變成了一名男子。年約二十多歲……不，三十多歲嗎？因爲低著頭，看不清楚長相。即使在陰鬱的細雨中，男子的身姿也宛如罩著更深的陰影般黑暗。看起來穿著白襯衫，下身是米色長褲。從腳底一路濕到小腿，褲管都變色了。

澪回想起茉奈的形容。穿白襯衫的男子……。共通之處就只有這個，但澪覺得這一定就是茉奈看到的男子。她停下腳步，轉向男子。

「澪小姐……？」

波鳥擔心地低聲呼喚，但澪小聲回應「沒事」。

男子只是垂頭佇立，沒有看這裡，也沒有要攻擊的樣子。綿綿細雨模糊了男子的身姿。澪看了一陣子，男子仍一動不動。

——是有什麼事想要傳達吧。

但男子一定無法將它言傳出來。

澪再次往前走。她有個猜測。回到紅莊，八尋說「查到那個袖釦的事了」。她想：啊，就是因爲這樣吧。

「那是大正時代的雕金師的作品，至於怎麼查到的，是因爲找到了跟它一對的袖釦。那個古物商有從某戶舊家收購的另一只袖釦，所以知道是誰的作品。那戶舊家就是小眞立家，妳說的墓地的人家。」

澪在起居間一邊喝茶，一邊聆聽八尋說明。下雨的時候，戶外的聲音會被隔絕，十分安靜。

「小眞立家已經不住在京都了。聽說不久前，本家老爺子過世，所以把房屋土地都賣了。倉庫裡的美術品和雜物那些也統統都賣了，所以那只袖釦也一起被賣掉了。好像從那時候就少了一顆。」

「那，掉在墓地的那一顆是……」

「不曉得呢。更詳細的事，妳直接去問那個古物商吧。」

八尋從口袋裡取出像名片的紙卡。那不是個人名片，而是商家名片。

「這就是那古物商的店。古董店。在寺町二條。」

名片設計很簡約，以白底黑字印刷著商家名稱「如月堂」。紙上的文字凹陷，似乎是活版印刷製作。

「那個……麻生田叔叔……」

澪看著那張名片說。

「剛才回來的路上，我看到一個男人。大概就是站在墓地前面的那個人……」

「是喔？」八尋仰望了天花板一下。「這表示已經逼近核心了吧？」

「我也這麼覺得。」

澪感覺那名男子在傾訴：請快點發現眞相。和攻擊自己的邪靈相比，澪在他身上感覺到宛如經年累月過濾之後的深沉強烈情感。

星期天，澪前往寺町二條。波鳥和漣也一起去。澪穿了深藍色襯衫洋裝，漣穿深藍襯衫配黑長褲，波鳥則是白底黑點上衣配深藍色裙子。明明沒有說好，卻都穿得差不多。

三人從叡山電鐵的一乘寺站上了電車，在出町柳站轉乘京阪電車。在神宮丸太町站下車後，經過鴨川上的橋，沿著丸太町大道往西走去。來到寺町大道後，左轉往南行。目的地的古董店在寺町大道上，二條大道再北方一些的地方。

可能因爲還是上午，又或是下雨的關係，路上沒什麼行人，一片清幽。也有可能是因爲路上的店家都是藝廊和古董行這些氛圍沉穩的商家之故。「如月堂」也是其中之一。門面是傳統京都商號樣式，記載著店名的玻璃門也古色古香。遠離喧囂的閒寂樣貌非常有味道。

店內也十分安靜。入口附近陳列著價格實惠的彩繪盤和蕎麥麵沾醬杯，還有種在彩繪缽裡的盆栽，不知道是商品還是擺飾。光澤動人的黝黑階梯櫃和帳房櫃營造出十足的古董店氛圍。桌上擺著金魚缸，有一隻紅色的金魚悠游著，十分可愛。

店內沒有客人，也沒看到像店員的人。澪和波鳥困惑地面面相覷，而漣毫不猶豫地徑直往店內走去。

「不好意思。」

漣對掛著短簾的屋內招呼。短簾似乎會依季節變換，青底布料上畫著青蛙。整家店充滿了老闆細膩的用心，感覺十分舒服。看見短簾另一頭現身的老闆和善的臉，澪有種恍然之感。

「不好意思，我在講電話。」

面露柔和笑容的老闆，是年約四十五的男子，說話腔調並非關西腔。不是京都人嗎？老闆穿著淡縹藍的單層和服配上角帶，自稱熊坂彌生。姓氏很粗獷，名字卻如同他的氣質，語感柔和。

「麻績同學對吧？我聽麻生田先生說了。請坐。」

店內一隅設有像是會客區的地方。彌生請澪等人在長椅坐下，回到屋內，再次出來的時候，手裡捧著一只小桐盒。彌生把盒子放到桌上，在對面椅子坐下來。

「我和麻生田先生從他還是學生的時候就認識了……聽說他不久前出了車禍？幸好傷勢不嚴重。」

彌生溫婉的語調讓氣氛放鬆了。在這家店裡，總覺得時間的流逝也變得緩慢。但也不能沉浸其中。

「那個，我們是來請教袖釦的事的。」

澪從包包裡取出用手帕包裹的袖釦。她把袖釦連同手帕一起放到桌上。彌生探出上身，注視袖釦。

「我看了麻生田先生傳來的照片，果然和這顆是一對的。」

彌生說著，取下桐盒的蓋子。瞬間，澪差點往後退去。因爲蓋子的縫隙間滲透出黏稠的黑色蜃影。

蜃影緩緩地往上飄升，變得淡薄，最後霧散。是消失了嗎？還是逃到別處去了？澪先把視線拉回盒子裡面。

裡面裝的是和澪取出來的極爲相似的袖釦。形狀相同，但刻在上面的花紋有些不一樣。除了細微的斜線外，還刻了藤蔓和葉子。只有那裡的色澤偏黑。

「這上面刻的是雨絲和定家葛。」彌生說。「這是用叫做『四分一』的材料做的……四分一是一種合金，銅、銀還有金的合金，也稱爲『朧銀』。定家葛的部分是烏金，是銅和金的合金。這些是叫做『色金』的技法。」

彌生說著，將兩只袖釦並排在一起。不管怎麼看都是成雙成對。

「雨絲和定家葛，這是謠曲《定家》的內容。必須合在一起才看得出來，匠心獨具。聽說這是以前在京都的雕金師接到小眞立家的委託而製作的物品。」

「《定家》……」

「那是關於執著與情慾的故事，描述一對死後也無法分離的男女。男子死後化成了葛，纏繞在女子的墓上。男方是藤原定家[10]，女方是式子內親王[11]。」

彌生簡潔地說明。澪忽然在眼角餘光瞥見了人影。店內角落有人。女子……年輕女人。好像穿著和服。澪不敢看向那裡。女子站的位置比澪等人更靠近店內，要去到那裡，必須先經過他們身旁才行。但沒有任何人經過。更重要的是，除了他們以外，沒有任何人進入店裡。

——是剛才從盒子裡跑出來的邪靈……

它化成了形體。澪瞄了漣和波鳥一眼。兩人也都發現了。波鳥的臉色有些蒼白，但漣用眼神示意「先靜觀其變」。澪微微點頭。應該先聽彌生說完。

「我剛才說是小眞立家的委託，但聽說其實是那戶人家的小姐私下委託的。那位小姐已經決定半年後要嫁給一名富人。然而收到這對袖釦後，小姐就上吊自殺了。」

澪悄悄倒抽了一口氣，差點望向和服女子，克制下來。

「緊接著，雕金師也上吊自殺了。」

「是袖釦作祟……？」

漣喃喃道。彌生搖搖頭：

註10：藤原定家（一一六二～一二四一）爲鎌倉時代的公卿歌人，爲歌集《小倉百人一首》的編撰者，亦是《新古今和歌集》的撰者之一。

註11：式子內親王（?～一二〇一）是後白河天皇的第三皇女，爲平安末期及鎌倉初期的知名女歌人。

「小姐和雕金師彼此愛慕，然而無法結成連理，小姐必須嫁給別人，所以才上吊了。雕金師是追隨她去了。」

「就像……殉情嗎？」

澪說，彌生說「是啊」。

「只能說『就像』殉情，因爲並非一起攜手共赴黃泉……。可是也許他們早就說好了。理由就是這對袖釦……」

彌生望向袖釦。

「聽說兩人各自帶著一顆袖釦死去。小姐帶著定家葛的這一顆，雕金師帶著只有雨絲的那一顆。也許訂做袖釦，本來就是這個用意。」

袖釦的話，就能在死時一人帶著一顆——是這樣嗎？

「聽說後來小眞立家就開始出現小姐的幽靈。」

澪再次差點望向站在角落的女子，連忙看向反方向。

「聽說袖釦收在倉庫裡，小姐的幽靈就是出現在倉庫。沒有說什麼，也沒有做什麼，就只是站著。要是鬧鬼的事傳出去就不好聽了，因此家人禁止外人進出倉庫，請人供養、驅邪等等……整理財產的小眞立先生說，他就是受夠了這個只顧體面的家族，才會離開。還說他看過倉庫的幽靈，是個很美、看上去很可憐的女人……」

彌生以感慨良多的口吻說著。

「若王子山的家墓，好像是委託代理業者定期去打掃。小眞立先生說他離家以後，一次也沒有回去掃墓過。還說從以前開始，不管把藤蔓清除得多乾淨，下次去的時候，都一定會纏滿了墓碑。雕金師的袖釦怎麼會掉在墓前，小眞立先生說他也不知道。我說出這件事，他就拜託我把這兩顆袖釦一起送去驅邪。」

所以──彌生把兩顆袖釦都收進桐盒裡，推到漣的前面。

「我也拜託各位了。」

漣瞄了澪一眼。澪這才第一次望向站在店內角落的女子。只有女子所在的地方極度陰暗，看不見低垂的臉孔。紮成髮髻的髮絲落下幾綹，垂在臉頰上。她身上穿著豪華的長袖和服，象牙色的布料繪滿了秋草，各處綴以金銀絲線。華麗的和服，把垂首的女子襯托得更顯嬌弱。
只是——有件事讓澪感到在意。
澪環顧店內，並透過玻璃門細看店外。
沒看見那名男子——附在袖釦上的男子。女子在這裡，男子卻消失了。為什麼呢？
現在袖釦在這裡湊齊了一對。如果兩人相戀，未能結為連理而輕生，這下不是終於又重逢了嗎？就算在這一刻超度成佛，也合情合理。
「澪小姐……？」
波鳥關心地出聲，澪漫應了一聲「嗯」。
——少了什麼。應該有什麼男子不現身的理由。
只要不查出這一點，就無法祓除。
「知不知道雕金師的狀況呢？」
澪唐突的問題，讓彌生眨了眨眼：
「雕金師……比剛才說的更詳細的細節嗎？姓名那些嗎？」

「不，剛才的說法，是由小眞立家的角度對吧？我希望可以知道雕金師那一方的說法。沒辦法嗎？」

就算雕金師有親友，應該也早就過世了。女子的情況，是因爲流傳在小眞立家才能夠得知。

「這個嘛……我來問問認識的人，看看有沒有人知道情況。」

彌生雖然不太有自信的樣子，但還是這麼說。

「謝謝您。」澪行禮說。

「哪裡哪裡。」彌生笑著揮揮手。「委託驅邪的人是我，我會不惜餘力。」

聽到那溫和的語調，令人安心極了。澪心想：眞希望自己也能變成如此親和力十足的人。

澪一行人帶著桐盒離開古董店。因爲下起了小雨，三人撐著傘，朝丸太町大道走去。

「妳打算怎麼做？」

走在前方的漣問。澪回頭看後面。雨中，有個女子站在路旁。是剛才的長袖和服女子，沒看見男子。

「男子消失了。」

澪轉向前方說，漣東張西望。澪接著說：

「如果是各別帶著袖釦死去，只要湊成一對，應該就會心滿意足地消失了，但好像不是這樣。」

「妳是說，男方那邊有什麼不同的理由？」

澪點點頭。

「是喔。」漣應了這麼一聲，不再開口。

「你沒有什麼看法嗎？」澪問。

「這也是修行之一吧？自己想。」

漣冷漠的說法讓澪一陣氣惱。八尋也叫她自己想想看，但口氣怎麼會差這麼多？

「意思是要您按自己的想法試試看吧。」波鳥連忙打圓場。「是在激勵您……」

「就是這樣。」漣裝模作樣地說。

「那幹嘛不這樣說？」澪噘起嘴唇。「還要波鳥來幫你說話，都幾歲的人了，幼稚。」

漣白了澪一眼，但可能是因爲波鳥在場，沒有酸言酸語。

意外的是，當天彌生就連絡了。

「聽說雕金師的師兄告訴過認識的人。雖然是從那個人那裡聽來的三手說法，不過有人記得這件事。是一位隱居的老先生，和我一樣是開古董行的。」

彌生在電話另一頭說。

「聽說兩人私心相許這件事，只有小姐的幾個朋友和那名師兄知道。畢竟是千金小姐和工匠，身分懸殊，要是被父母知道，絕對會被拆散。

雕金師多次向師兄訴苦……。小姐決定要嫁人的時候，雕金師也向師兄傾訴，說小姐叫他跟她一起死。被要求殉情呢。雕金師說他不希望小姐輕生，所以拒絕了。師兄也說這樣才對，犯不著尋死。本來以爲小姐也放棄了，沒想到她居然死了。雕金師憔悴萬分，後悔不已，覺得自己害小姐孤伶伶地走了，然後結果雕金師也一起走了……。所以師兄心想起碼可以做爲慰藉，偷偷地把雕金師的袖釦供奉在小姐的墓上。」

安靜聆聽的澪聽到這裡，忍不住「咦！」了一聲。

「供在墓上？」

「是的。而且他說要是擺得太顯眼，可能會被丟掉或是偷走，便埋在墓地後方生長的藤蔓根部。」

纏繞在墓碑上的藤蔓——澪重新握緊了話筒。

「可、可是，我朋友說袖釦掉在墓碑前面，而且完全沒有弄髒……」

袖釦非常乾淨。沒有沾上泥土，也沒有夾帶泥沙。實在不像是一直埋在土中。

「會不會是掩埋處的泥土因為下雨而變得泥濘，所以被野生動物挖出來……很乾淨是因為動物以為是食物而舔過？我也不曉得……。那裡不是有山豬或狸貓出沒嗎？是山裡面嘛。」

「嗯，是這樣沒錯……」

眞是如此嗎？

「更進一步說，或許是男方的執念所致……」

澪一陣毛骨悚然，忍不住回頭。沒有人。儘管現在是大白天，但電話所在的廚房因為下雨而光線昏暗，一片寂靜。答，洗碗槽水龍頭傳來一滴水落下的聲音。

澪調整呼吸，出聲：「總之——」聲音有些沙啞。

「袖釦出現是事實對吧？」

「妳的朋友撿到也是事實呢。」

這一切都有意義嗎？那名男子是希望被祓除，才會來到澪的身邊嗎？

「……男子一直在小姐的墓地，然而他朝思暮想的小姐，卻和袖釦一起關在倉庫裡……」

如果小姐也在墓地的話呢？澪想像。那樣一來，兩人早就重逢了嗎……？

澪陷入沉思，聽見彌生呼喚「麻績同學？」，回過神來。

「啊，抱——抱歉，我在想一些事。」

「這些事有幫助嗎？」

「是的，非常有幫助。」

「那太好了。」彌生以明確聽得出笑意的聲音說。澪道了謝，掛斷電話。

儘管模模糊糊，但澪覺得似乎明白了。

「漣兄、漣兄。」

澪在房間前面呼叫漣。

「幹嘛？」

漣開門露臉。澪把一顆袖釦遞給他。是只有雨絲紋的那一顆。男子憑附在上面。

「我想要你帶著這個去若王子山墓地一趟。確定男人的幽靈有沒有跟上來。」

漣雖然一臉厭煩，但還是收下了袖釦。

「我帶著另一顆袖釦去墓地。」

「分別帶去嗎？這有什麼意義？」

「有小姐的袖釦，那個男人好像就不會出來。我先出發喔。啊，建議你換上方便登山的衣物。」

「喂——」

澪連珠炮似地說完，一下就轉身走掉了。她已經換上了弄髒也無所謂的T恤和牛仔褲。來到玄關，波鳥正等在那裡。她也換上了T恤和牛仔褲。

「要是有什麼萬一就不好了……」

波鳥說了像護衛的話，遞出澪的雨傘。「謝謝。」澪接過雨傘，和波鳥一起走出玄關。

往公車站走去的路上，澪看見長袖和服女子站在路邊。細雨迷濛中，她身影幽淡地佇立著。上了公車以後，車窗外面也不時出現同一名女子。她全身陰暗，宛如罩著一身陰影，看不清楚那張臉。兩人在白川大道轉角的公車站下車。得走上一段路才能到若王子山。雖然已經傍晚五點多了，但逐漸接近夏至的這個季節，距離日落還早。只是因爲下雨，天色並不明亮。澪和波鳥都沒有閒聊的心情，撐著傘默默地走著。

開始登上若王子山，便感覺到氣息了。背部開始發冷，沉重的濃密氣息從背後飄了過來。稍微轉頭看背後，濃密的樹林圍繞的坡道上佇立著一道黑影。隱約看得出是長袖和服女子。她黑暗得宛如站在夜色之中。

——確實跟來了。

漣那邊不知道如何了。希望男子也跟來了。澪如此祈禱，朝墓地走去。

抵達小眞立家墓地所在時，澪驚呼：「咦！」

因爲漣已經到了。

「咦？你怎麼……」

「我搭計程車來的。」

確實，那樣比公車快多了。坐公車的話，得走到公車站，等公車來，上車之後要停靠許多站，下車之後還得走上好一段路。澪一直以爲漣會搭晚一班的公車過來，所以吃了一驚，但覺得也許這樣反而更好。

男子就站在墓前，是白襯衫男子。身上籠罩著暗影，低著頭注視著墓地。

澪回望背後。長袖和服女子站在墓地入口。澪退到一旁，讓出通往小眞立家墓地的路。波鳥和漣也仿效這麼做。

如果澪先到的話，也許男子會察覺小姐來了，不肯跟到這裡來。

不知不覺間，女子來到了墓地近旁。男子還沒有回頭。澪覺得他是無顏面對小姐。他有著害小姐孤伶伶死去的悔恨與自責。相對地，他卻也懷著強烈的情感，向茉奈傾訴，讓她撿起袖釦。想見她，卻沒臉見她——男子處在如此矛盾的痛苦之中。

澪想做的事接近激烈手段。她希望兩人無論如何見上一面。

一眨眼，女子已去到男子身邊。兩人一起站在墓前。

終於——澪覺得好似在雨聲裡聽見了年輕女子的細語聲。

——終於見到你了。

女子的手伸向男子的背，確定似地緩緩移動。兩人幽暗的身影當中，只有那隻白皙的手異樣清晰地浮現出來。女子把手攀在男子的背上，整個人依偎上去。貼在背上的手，感覺就像纏繞在墓上的藤蔓。瞬間，澪忽然一陣不安，覺得自己可能大錯特錯。

——我不會再放開你了。

女子的笑聲在墓地裡迴響，是黏膩陰森的笑聲。

會不會是上吊以後，女子的死靈像這樣糾纏著男子……？

在男子死後，藤蔓也束縛著他的靈魂不肯放開？

男子垂著頭，一動不動。

「……漣兄，把袖釦拿出來。」

澪注視著兩人，朝漣伸出手。她不知道漣是什麼樣的表情，但袖釦放到了掌心上。澪也從口袋裡取出袖釦。雨絲和葛葉的袖釦。女子是懷著什麼樣的心情，向人訂做這對袖釦的？

——我永遠不離開你。

感覺好似聽見了這樣的聲音，澪一陣厲寒。

澪看向男子。他的臉被暗影覆蓋而無法看見。是在痛苦嗎？想要逃離嗎？還是——想要回應女子？

不知道。不管是男方還是女方，澪都不瞭解他們的感受。

但小眞立家還有彌生都委託澪袚除邪靈。既然接下了委託，就非達成任務不可。

澪把傘放到地面，走近墓地。男女都沒有動彈。澪把袖釦並排在墓前。男子希望有人發現袖釦，把它撿起來——這一點千眞萬確。袖釦是兩兩成對的。它們彼此呼喚、吸引，想要變回一對。找到女子，一定是一種必然。

覆蓋兩人的影子變得深濃了。那是沉重、陰濕的影子。儘管濕氣濃烈，卻有股刺鼻的焦臭味。是澪熟悉的味道——邪靈的氣味。細雨逐漸打濕頭髮和肌膚。若是傾盆大雨，就會被沖刷殆盡的事物，在如此綿密的細雨中，也只會漸漸地浸潤、留佇。

兩個影子現在已經合而爲一，失去了人形，如蜃影般扭動、糾纏。雨水的氣味變濃了，是潮濕凝滯的氣味。摻雜了焦臭，化成了腐臭。就彷彿樹木腐爛的氣味與霉味混合在一起。

黑色的蜃影扭曲伸長，抓住了澪的手，把她向後拉去。黑色的蜃影延伸過來，就像要索求她。那是一團醜惡漆黑的東西，然而卻又無比誘人。女子一定就是被它所吞噬，而男子想要逃離，卻又受到吸引。遭它引誘、糾纏，害怕淪爲醜陋的怪物，卻又渴望著它。

澪屏住了呼吸。蜃影散發出比她看過的任何邪靈都更刺鼻濃重的氣味，令人幾乎想要摀住鼻子。另一隻手被輕輕地抓住了，是波鳥。與其說是抓住，更像是求救，那隻手在顫抖。澪調整呼吸，把手疊在波鳥的手上。

「沒事的……」

她深深地吐出一口氣，在心中想像透明清澈的泉水。氣味逐漸從意識中退離。細雨潮濕，會將情感攔阻下來。澪想像河流。清水流過，最終灌注大海。就和祓褉一樣。將沾附在身上的老舊污濁，以流水沖刷淨盡，然後蛻變成新生命。經過河流，流出大海之後，等待的是燦爛光輝的太陽。澪的心胸被燦光所籠罩。

「雪丸。」

白狼現身空中。雪丸一個旋轉，化身爲鈴鐺。清澈的音色響遍四周，場域的空氣倏然轉變。

清冽的白光充溢四下，黑色的蜃影從邊緣逐漸崩解，宛如化成煤灰，接著連那痕跡都逐漸消失。焦臭味，甚至是雨水的氣味，在這時也都消失無蹤。周遭被一片純然的白光所充斥。

被波鳥搖晃肩膀回過神時，墓地裡的邪靈已經形影不留了。

墓前掉落著袖釦。泥濘的地面忽然凹陷，袖釦被吞入泥中。傾注了一對男女相思之情的袖釦在泥濘包裹下，將沉眠於墓底嗎？

澪撩起貼在額上的濕答答劉海。纏繞在墓碑的藤蔓不知不覺間脫落枯萎了。儘管袚除了邪靈，卻絲毫不覺得開朗。總覺得兩人的情感仍繚繞在身上。

「會感冒的。」

一條毛巾蓋到澪的頭上。漣總是準備萬全，還會隨身攜帶OK繃。因爲澪總是遭到邪靈攻擊，動不動就受傷。

一把傘罩了上來，是波鳥。澪靠向波鳥，躲到她的傘下。她想：幸好自己現在不是一個人。如果只有一個人，是不是早就被濃重的邪靈陰影拖進去，脫身不得了？邪靈消失了，但兩顆被泥濘吞噬的心在墓底沉眠著。

澪默默地對著墓碑合掌膜拜。

不知道是因爲雨淋，還是接觸邪靈的關係，澪發燒病倒了。在高燒中她想到的是那兩個人，還有高良。被藤蔓糾纏的墓碑。死後也不會消失的強烈情感。想要離開也走不了、想要逃離卻又渴望，相互吸引的兩人。腦中浮現一對牽著彼此的手的男女。他們的臉變成了高良和澪。不，是巫陽和多氣王女。

巫陽會愛多氣王女到何時呢？

不是澪。在那裡的甚至不是高良。存在於現世的是高良和澪，在那裡的卻是巫陽和多氣王女。

心胸如泥濘般一團混亂，翻攪不清。澪的意識逐漸沉入其中。

澪大概陷入了泥沼。

避雨

雨宿り

的。

避雨

玉青用宣紙包起向鄰家要來的繡球花，紮上彩紙繩。是要掛在屋簷下的。

「聽說掛上繡球花，就可以保佑這一整年無病無痛、消災解厄、財運亨通喔。」

「是喔……？」澪一邊啃著煎餅，一邊看著玉青忙活。她吃的是灑上粗糖的鹹甜醬油煎餅。

「爲什麼是繡球花？有什麼驅邪的意義嗎？」澪問。

「其實不太清楚。」

回答的是八尋。八尋也坐在澪的對面吃煎餅。

「有個說法是，因爲繡球花很像蜂巢。」

「蜂巢？」

「乾燥後的繡球花不是會變成褐色的嗎？而且是圓形的，所以把它當成蜂巢。蜂巢是一種吉祥物，據信可以避邪、保佑生意興隆、財源廣進。妳沒看過老房子裝飾著乾燥的繡球花嗎？掛在玄關或是裝在玻璃瓶裡。」

「啊，我看過有些人家玄關有裝飾。一直奇怪爲什麼要擺這種東西。」

「蜜蜂和蜂巢裡面是黃色的，儲存著蜂蜜，所以可以提升財運。蜜蜂忙碌地進出，象徵客人絡繹不絕，也就是生意興隆。……大概是這樣的思維吧。」

原來如此，澪心想。

「然後繡球花比蜂巢容易維護多了，也不用擔心被蜂螫，所以成了蜂巢的替代品吧。我也不確定啦。不過每個地方的做法和禁忌都有微妙的不同，像是必須用別人家院子裡的花、必須偷拔不能被發現，或是必須在土用[12]的丑日拔取等等。雖然沒有擺蜂巢的習俗那麼廣泛，但不曉得是從哪裡起源的呢。」

「我們家院子沒有種繡球花，所以只能向別人家要。」

玉青說，把繡球花舉到眼前說「好，完成了」。

「喏，八尋。」

「好，來了。」

八尋被交付更換去年的繡球花的任務。因爲他個子很高。八尋去到廊台，打開落地玻璃窗。那裡擺了梯子。外面下著毛毛雨。八尋踩上梯子，更換吊在屋簷下的繡球花。玉青接過舊的繡球花，走出起居間。

「今年的梅雨也下了好多。」八尋關上落地窗回到起居間喃喃道。「而且冷得莫名。」他說，放下捲起的襯衫袖子。

「小澪，妳的燒都退了嗎？」

「是的，我沒事。」

「那就好。漣和波鳥去哪裡了？從早上就沒看見他們。」

「漣兄去大學圖書館，波鳥和她哥哥出去了。」

「一下子少了兩個人，總覺得好安靜吶。」

「春天以前還沒有他們兩個呢。」

「唔，也是啦。」八尋瞥了眼柱子上的鐘。「我也差不多要出門了。」

是去工作。澪因爲才剛退燒，大病初癒，八尋叫她不要跟。

「開車小心喔。」

「哈哈，我會的。——小澪也是，病剛好而已，自己小心啊。」

感覺就像被看透自己要外出，澪內心一驚。她剛搬來紅莊的時候，每次出門都會受傷回來，所以玉青不准她一個人外出。

但大部分的邪靈，雪丸會幫忙趕走。最重要的是，要是關在家裡，就見不到高良。

澪並非基於強烈的思念而想要見高良。兩人從春天就一直沒有碰面，她只是好奇最近他怎麼了而已。

註

12：土用是日本的雜節，爲立春、立夏、立秋、立冬的前十八天，但一般都用來指稱立秋之前的夏季土用。

——沒錯，只是這樣而已。

所以差不多該見見他了。爲了見他，必須一個人外出才行。

八尋出門後，澪去看了一下廚房。玉青正站在流理台前，可能正在爲晚餐備料。朝次郎去朋友家下棋了。

澪躡手躡腳地前往玄關。靜靜地打開拉門，出去一看，雨不知不覺間停了。仰望天空，天際掛著彩虹。澪心想雨停了的話，帶傘也只是累贅，便直接出門了。她猶豫了一下要去哪裡，決定前往狸谷山不動院。沒什麼特別的理由。

慢慢地走過平緩的坡道。路面潮濕，屋舍另一頭的樹林也一片濕漉漉，讓綠意顯得更濃了。坡道蜿蜒曲折，森林緊貼在民宅後方。雖然是在山間，這一帶卻還不太有山林的感覺。是因爲緊鄰熱鬧的市區之故嗎？偶爾會看到像是空屋的房子，茂盛的雜草長到澪的腰際高度。參天的杉林覆蓋天際，一片陰暗。山裡的暗，與黃昏時分或夜晚走廊的那種暗又不同了。雖然明亮，卻又陰暗，感覺非常奇妙。就好像綠意的呼吸化成了暗影。

忽地，澪停下腳步。茂密的草叢深處有條小徑。

——之前有這條路嗎？

前往不動院的路就只有一條，沒有岔路。澪一直這麼以爲，但原來有岔路嗎？路通往哪裡呢？是連接民宅的死巷嗎？澪探頭看深處，但看起來就只是一片濃密的森林。澪不經意地踏入小徑，因爲她覺得今天會發現平時沒注意到的路，或許有某些意義。

小徑兩側被樹木和灌木叢包夾。感覺會有蛇出沒。可能是因爲樹林蓊鬱，四下十分涼爽。進入梅雨前，有幾天熱得就像盛夏，但近日反而有時會突然轉涼，教人不知該如何穿衣才好。有梅雨寒時這種東西嗎？今天澪穿T恤和牛仔褲，外罩一件薄料白襯衫洋裝，方便調節。

走著走著，右邊出現一道竹籬笆。籬笆內是瓦頂的日式房屋。

——咦，原來這種地方也有人家……？

好像是老房子。靠近一看，感覺像是空屋。遮雨板都緊閉著，雨水簷也積滿了枯葉。竹籬也有許多地方繩索斷裂而鬆脫，發霉得很嚴重。完全沒有人的氣息，整棟房屋散發出寂寥的氛圍。

門是木格門，完全關起。門板下方用竹棒頂住，讓人無法入內。果然是空屋。

格子門裡面，門旁就種著繡球花。是帶青的淡紫色繡球花。

澪看著繡球花就要經過，一滴水落到臉頰上。抬頭一看，天空不知不覺間烏雲密布，地面不斷地冒出黑點，是豆大的水點。看來要下傾盆大雨了。澪心想，飛快地衝進木門下方。不出所料，雨勢一眨眼就開始激烈地敲擊地面，景色變得一片霧白。

——會是驟雨嗎？

但願如此，澪如此祈禱著仰望天空。最近宛如驟雨的激烈雨勢下個沒完的情況增加了。若是一下子就收住的豪雨，地上就宛如受到洗滌一般，甚至讓人覺得清爽，但持續一久，就不是如此了。

澪想著這些，一道人影穿過門簷下走了進來，澪心想：「也是來避雨的嗎？」轉頭一看，微微地「啊」了一聲。

是高良。

高良穿著她已經十分眼熟的制服——胸上有徽章的水藍色襯衫配深褐色長褲。他厭煩地拂去頭髮和手上的水滴，朝澪瞥了一眼。眼神清冷，肌膚就像陶瓷，或者說像玻璃般纖細，白得幾乎透明。薄唇紅潤，被白色的肌膚襯得格外艷紅。漆黑的髮絲光澤亮麗，被雨水稍微打濕的模樣，甚至顯得嫵媚。

澪好久沒有在近處看到這張臉了，覺得果然好美。她直盯著看，高良不悅地皺眉：

「不要一直看。」

「好久不見了嘛。」

澪辯解地說，別開目光，轉向前面。如果擁有像高良這樣俊秀的容貌，一定經常引來矚目吧。肯定會覺得很不舒服。

「你已經好了嗎？」

澪問，卻沒有回應。她再次轉向高良，他一臉不悅。

「日下部太多事了。」

啊——被揭露衰弱這件事，讓他不開心嗎？

「可是知道這件事，我也比較方便。萬一出了什麼事，不是很麻煩嗎？」

「不會有事。每次我都做足了充分的準備。」

「我不是說那個……」

澪沉默了一下，尋思該怎麼說。

「不知道的話，我會擔心你怎麼了啊。」

高良轉向澪。美麗的潤澤眼瞳倒映出澪的身影。

「一陣子不見，妳怎麼變得這麼老實？」

這口氣也讓人莫名地懷念。兩人大概有一個半月沒見了吧。

「你好像一點都沒變，好得很嘛。」

澪回道，高良勾起嘴角微微地笑了。

「還不到最佳狀態。所以我在街上遊蕩，捕食邪靈。」

澪張著嘴巴僵住了。對了。她都忘了。高良會吃邪靈。他非吃不可，因爲邪靈是他的糧食。

第一次見面的時候，高良也在吃邪靈。他必須靠著這樣的行爲活下去。

想像在街上徘徊捕捉邪靈的高良，澪說不出話來。

「……現在邪靈果然很多嗎？」

澪把掠過心胸的想法硬是塞進心底深處，這麼問道。高良把臉轉回前方，答道：

「愈來愈多了。因爲就快夏至了。」

這麼說來，有人跟她提過這件事。澪回想著，說：

「呃……因爲陰氣會增加是嗎？」

「會在夏至翻轉。冬至是陰氣的巔峰，接下來愈來愈弱。相反地，陽氣在冬至萌發，漸漸旺盛，然後在夏至翻轉。」

「陽氣減弱，陰氣漸旺……」

「而且雨水會招引陰氣。陰氣從夏至前就萌發了。」

澪忽然脫口說出：

「是陰陽交會之時呢。」

高良定定地看了看澪的臉，說：「沒錯。」

雨水在地面積了薄薄的一層水，漣漪剛形成就消失了。雨聲應該很吵，卻覺得異樣地靜謐。澪很想摸摸高良的濕髮。一綹濕髮貼在他的額頭上。澪很想觸摸它。

結果是高良向澪伸出手來了。高良連手都很美。透出青色血管的皮膚白皙光滑，手指修長，骨節分明。指甲是粉紅色的，光澤動人。他的指頭就要碰到澪的臉頰了。

那隻手在前一刻頓住，握了起來。澪還沒有開口，高良便轉頭望向門內深處。澪也跟著望向那裡。格子門內是屋子玄關。踏石從大門一路延伸過去，有道霧面玻璃拉門——

門開著。

應該關著的玄關門，現在卻是開著的。也沒聽到開門聲。這裡不是空屋嗎？不。

有氣息。一點一滴地正聚集在一起。就在敞開的門內，穿鞋處再進去高出一層的木地板框那裡。看著看著，淡淡的黑色蜃影從四面八方緩慢被吸引過去似地聚集起來。蜃影愈來愈濃，化成形體，開始出現一個人形。是跪坐的人。澪漸漸看出那像是一名老太婆。紮起一頭白髮、穿著藤色和服的老太婆。雙手放在膝上，頭微微地往左傾。因為低著頭，臉沉浸在陰影中。

「不是什麼大不了的東西，是被妳吸引而成形的。」

高良說。澪調整呼吸，放鬆緊繃的身體。

──繡球花……

一道模糊、彷彿淡墨在宣紙上暈開來的聲音響起。起初聽不清楚在說什麼，但再三重複間，澪聽出似乎是在說「繡球花」。話聲變得清晰後，變成了沙啞、卻又有些磁性、充滿人性的老太婆嗓音。

「得快點去剪繡球花才行。」

老太婆反覆地這麼說。

「要不然又要挨罵了……被婆婆罵……啊，好討厭……」

唉……老太婆深深地嘆氣。外貌和聲音都是老太婆，說話口吻卻異樣地年輕。

「隔壁第三戶的繡球花開得最漂亮……可是好討厭……今年又得去剪那一戶的繡球花了嗎……？」

眞討厭，眞討厭，老太婆不斷地如此重複。老太婆只是如此嘀咕牢騷著，並沒有要對澪做什麼。她連臉都不抬，彷彿完全不在乎澪和高良。高良無趣地靠在大門上，看著下個不停的雨。高良都說「不是什麼大不了的東西」了，而且照這樣來看，就算不理她也無所謂吧。然而澪還是在意不已，看著老太婆那裡，聽著她說話。

「別去附和啊。」高良低聲說。「也不能問問題。」

澪點點頭說「好」。

「真的是……那一戶的繡球花……都怪那老爺子不願意……」

——老爺子？

澪差點問出口，用力把話吞了回去，抿緊嘴唇。高良彷彿看透了她的反應，露出傻眼的表情，所以澪別開目光。

「那一戶的繡球花，是那個老爺子精心栽種的……老爺子死在家裡以後，也不許別人剪他的花……一直在那裡盯著……抱著繡球花不放，瞪大眼睛左顧右盼……揪住偷花賊的手，狠狠地摳……那真的好痛好痛……死人的指甲居然那麼尖、那麼長嗎？……我只能緊緊閉上眼睛，說原諒我原諒我，好不容易才把花剪回家……所以手上的傷愈來愈多……」

老太婆低著頭，抬起手來，和服袖口露出白皙的手臂。蒼白的皮膚上一清二楚地布滿許多爪痕。

「不管被摳多少次，都沒辦法習慣。偷偷地把剪刀伸向繡球花的莖，想要剪下來，花叢裡就會冒出手來。皮包骨的手，浮著血管，滿滿的斑，又髒又濁的死人的手。它抓住我的手，箍得死緊，幾乎要把它折斷。指甲掐進肉裡，都流血了，卻還是不肯放開我。第一次被老爺子抓住的時候，我丟下剪刀和繡球花逃了回來。婆婆凶神惡煞，把我罵得狗血淋頭：再給我去剪一次！快一點！笨手笨腳的丫頭！老爺子很可怕，但婆婆也很可怕。我只好又哭哭啼啼地回去剪繡球花啊。」

老太婆愈說愈流暢。聲音也變得嘹亮起來。

「年復一年，我都哭著去剪繡球花。沒多久婆婆就死了，呵呵，在廁所摔倒，撞到頭死了。大半天都沒人發現，發現的時候人已經死透了。眞可憐啊。」

和說的內容相反，聲音宛如歌唱般歡欣。老太婆的身姿依舊，但傳來的聲音很年輕，聽起來像二十多歲。漸漸地，漻搞不懂她到底是幾歲的人了。

「下一年，我以爲不用再去剪繡球花了。……是啊，明明應該可以不用再去剪了……」

語調突然變得陰沉。嗓音在年輕與沙啞之間游走。

「因爲婆婆一直說……『快點去剪繡球花』……。每到這個季節，就會大聲催我。睡覺的時候被吵起來，洗澡的時候催我去，眞的不管我在哪裡、是什麼時間，除非我去剪繡球花，否則就催個不休。到底是有多固執？可是去了，又會被老爺子抓手臂。每個人都只知道繡球花、繡球花，啊，我眞是受夠了！」

老太婆坐著扭動身體。頭仰了起來，露出面容。澪忍不住差點驚叫。老太婆的臉上戴著黑色的面具。看起來也像是可怕的般若女鬼面具，卻是黑色的。就像上了漆一樣，黝黑發亮，眼睛一帶朦朦發出微光。光不斷地移動，一下在眼睛，一下在額頭，或是下巴。隨著光移動，黑色面具到處擠出皺紋，起伏、扭曲、蠕動。就像蛇在上面翻滾一樣。

景象令人怵目驚心，澪別開了目光，低下頭去。她看見大門再過去的繡球花，頓時懷疑自己眼花了。因爲繡球花的根部躺著一個老人。連白髮都沒幾根的禿頭、削瘦的臉頰、凹陷的眼窩，眼窩裡的眼睛正炯炯仰望著澪。一和澪對上眼，老人便倏地躲進繡球花叢裡不見了。但他就在那裡。躲在繡球花的暗處窺伺著這裡，如果有人伸手想要摘花，他就會一把伸手過來掐住。

「最後老爺子附上了我們家的繡球花……」

老太婆說著。

「因爲我把老爺子的繡球花全給拔光了，全部！」

笑聲響徹周遭。

「太爽快了。早該這麼做的。眞是痛快極了。然而，噯，那老爺子眞是太陰魂不散了。可是現在啊，要是那老爺子敢對我動手，我就拿剪刀刺他。報復他之前抓傷我的手。我惡狠狠地、惡狠狠地刺他。」

澪別過臉，摀住耳朵。她實在聽不下去了。老太婆的話完全就是詛咒，聲音混濁黏稠，宛如散發惡臭的污泥。

「不要反應。」

高良淡淡地說。

「不要被它打亂心緒。不要爲它起波瀾。它們會找到空隙，趁虛而入。」

「我知道……」

邪靈會吸引人的注意，讓人與它們發生關聯。它們會把人扯進來，拉進自己的領域裡。所以不能理會它們。不能曝露出弱點。不能心神動搖。儘管明白，但澪畢竟不是飽經世事、熟透世故的年紀，有時候就是無可避免會受到牽動。

呵呵呵……老太婆令人厭惡的笑聲傳來。即使別著臉也知道，老太婆正把焦點對準了澪。她筆直地看著澪。那道暗光正凝視著這裡。

格子門發出喀噠一聲，澪忍不住轉頭看去，只見趴在地上的老人雙手緊抓著木格子，仰望著澪。眼角餘光瞥見玄關。裡面很暗。本來應該坐在那裡的老太婆現在站了起來。她的上半身融入黑暗當中，只看得到下半身。藤色的和服，腳上沒穿布襪，赤腳沾滿了泥巴。不知爲何，明明距離很遠、明明上半身完全看不見，卻能清楚地看見趾甲間卡滿了泥巴。不，看得到無力地垂下來的手。手上握著花剪，黑色的液體正從刀尖滴落。黑色——赤黑色。老太婆走下穿鞋處了。腳的方向內八得詭異，身體斜傾著。一定是忘了人的動作了。沙沙，老太婆拖著赤腳前進，就要走出玄關。雙手擺盪，花剪灑出血滴，還濺到了和服衣襬。澪的腳邊趴著老人，視線前方則是老太婆傾斜著逼近，她整個人僵在了原地。呼叫雪丸，趕跑邪靈，逃離現場——腦中冷靜地思考這是最好的應變方法，身體卻動彈不得。她只是淺急地喘著氣。

吁——旁邊的高良嘆了一口氣。不知不覺間，高良抓住她的手，把她拉了過去。動作有些粗魯，但也因此僵住的身體能活動了。

「它們我接收了，可以吧？」

澪還沒回話，高良便喊道：「於菟！」

高良身邊冒出了一頭老虎，是高良的職神。高良只是朝兩個邪靈瞥了一眼，於菟似乎就理解自己該做的事了。祂低下頭，齜牙咧嘴，發出低吼。前腳剛一使勁，下一秒便跳躍出去。於菟的身體穿過格子門，朝玄關奔去。順帶一般，祂的前腳勾住老人的身體，拋了出去。老人的身體飛過空中落地，於菟踩住它，以利爪撕裂。老人四分五裂，化成了霧狀的黑色碎片。事情發生在短短一瞬間。於菟沒有停下動作，跳進玄關，一口咬住老太婆的頭。於菟頭一甩，老太婆的身體往前栽倒，身上的頭已經不見了。於菟把咬下來的老太婆的頭拋向玄關，接著撲上老太婆的背，尖爪扯裂身體，利牙一口咬上去。老太婆的頭化成黑色的霧氣，被撕扯成片片的身體也同樣地從邊緣化成黑霧。現在玄關處只剩下幽幽飄浮的邪靈碎片了。高良靜靜地抬手伸去，黑霧被白皙的指頭吸過去，聚集起來。在手掌上蠕動的那些，是沒有蜃影那麼扭曲的虛弱霧氣。

高良以雙手包裹，霧氣便縮得小小的，收在他的掌心裡。高良以一手捏起拳頭。打開之後，其中出現一顆小小的黑石。那種黑，是宛如悉心塗上無數層漆的黑、宛如將冬夜過濾凝縮之後的黑。高良將它吞進喉裡，是之前也看過一次的情景。他會吃邪靈，他藉此為生。

吃邪靈。

——那是什麼樣的感覺？

想像在陰暗的雨天之中，索求邪靈而遊蕩的高良身姿，澪忽然感到一股宛如被纖薄的冰刀插進胸口般、冰冷而虛幻的痛楚。

高良的側臉很平靜。波瀾不興。那是痛苦都早已過去，已徹底認命的側臉。

過往——以巫陽的身分活著的過往，他也曾爽朗地歡笑嗎？變成千年蠱以後，他也有過快樂的時光嗎？邂逅多氣王女之後，他過著什麼樣的日子？那是一段平靜、幸福的時光嗎？

「怎麼了？」

高良轉向澪問。澪有許多想問他的問題。實在太多了，多到不知道該問什麼好了。提出問題，結果窺見他的傷口，還是可能揭開他的傷口，都讓她害怕。

「……以前的事，你記得多少？」

她問了感覺無傷大雅的這個問題。

「我全部記得，同時也全都忘了。」

高良淡淡地說了這種宛如打啞謎的答案。

「什麼意思？」

「就像大海。」高良豎起食指，由上自下畫了一條線。「我的記憶分成三層：靠近水面的地方、上層與下層的水混合的地方，還有海底。」

「三層……」

「靠近水面的地方，是必要的記憶。下面是不怎麼需要，但最好記得的記憶。至於海底──」

高良欲言又止了一下。

「沉澱著不必要的記憶。」

濡看著高良的臉。他的眼眸顏色很深，卻十分清澈，她覺得也許某個遙遠的海底，就是這樣的顏色。

不必要的記憶，是哪些事……？她很想問，又問不出口。

──和多氣王女在一起的那些日子，在那片大海的哪個位置？

高良伸手。他的指頭就要觸碰澪的臉頰，又滑向太陽穴。高良把手蓋在澪的左眼上，澪的視野只有一邊變暗了。高良的手在她的眼睛上方靠近又拿開，就像在確定眼睛的顏色。

「你在做什麼？」

「妳的眼睛顏色都一樣。」

一直都是。即使重生，也一直都是這個顏色。

「就像清澈的河底……透明得就像源源不絕地流動的清水。」

澪抓住了高良的手。高良瞠目，似乎有些吃了一驚。這時澪的心胸感覺到的，是煩躁和苦悶。

「你也該記住我的名字了吧？我叫『澪』。」

自己不是多氣王女，也不是其他人的重生。澪想要這麼表達。就算他說「都一樣」，她既不可能明白，也不覺得高興。

「還是這也是『不必要的記憶』？」

澪瞪住高良，他好陣子不發一語，定定地注視著澪。

「……我知道了。我會記住。」
不曉得在想什麼，高良輕笑了一下。
他忽然仰望天空：「雨停了。」
就像他說的，不知不覺間雨停了。地面殘留著水窪，倒映著藍天。回頭一看，玄關玻璃門和最初看到的一樣關著，既沒有老太婆在那裡的痕跡，也沒有老人的腳印。那裡果然是空屋。
「回去吧。」
高良這麼說，所以澪放開他的手。一時衝動抓了他的手，高良的手有溫度。澪覺得那溫度現在還殘留在自己的手上，是堅硬而節骨分明、和普通高中男生一樣的手。
這件事奇妙地令澪臉龐火熱。高良不理會澪的心慌意亂，直接離開大門往前走去。澪跟在稍後方。帶來驟雨的烏雲離去，太陽露臉。樹梢滴落的水珠在陽光下閃閃發亮。

＊

從八瀨的大宅能夠俯瞰被雨水洗滌後的城市。即將沉入山邊的夕陽照亮著屋舍潮濕的瓦頂。雲朵閃耀著五顏六色，呈淡紫的灰、綠、朱、金，綻放出一種異樣的光彩。高良站在庭院看著這一幕。淡霧繚繞在山間，空氣一片濕潤。

現在是黃昏時分。是太陽西沉，即將進入黑夜的轉捩點。是最爲變化莫測、不穩定的時刻。每到這時刻，總讓他覺得自身輪廓變得模糊，與向晚蒼白的黑暗融爲了一體。

城市開始被陰翳所圍繞。淡靛的帳幕從邊緣慢慢地覆蓋上來，先前綻放出妖異光彩的雲朵轉變爲沉穩的灰。色彩逐漸變得靜謐。彷彿與其交棒一般，蟲鳴聲變大了。

高良盯著自己幽幽浮現在青黑暮色中的白皙的手。當時澪輕而易舉地抓住了這隻手。這是高良——巫陽做不到的事。他就是會猶豫著不敢觸碰她的手、她的肌膚。感覺這是罪大惡極的舉動。
然而澪卻毫不遲疑。她跨越了界線，自然得宛如雨水從天空落下。也許澪本來就沒有什麼界線。因爲她是巫女？——不，因爲她是澪？
「——澪。」
高良忽然脫口說出這個名字。
「澪標的澪嗎……？」
呢喃聲融入愈見深濃的暮色中。太陽沉入山間，殘照勾勒出金色的稜線。

＊

這天晚上澪做了夢。
在做夢的感覺很清晰，但狀況卻極爲曖昧模糊。
自己沉在冰冷的海中，是這樣的感覺。不，也許是河川。總之自己被水包圍著，慢慢地往下沉。上方看得見微亮的水面，下方是全然的漆黑。奇妙的是，她不覺得那片黑暗可怕。她感覺那是有溫度的黑暗。澪想起了高良的話。他把記憶收藏在海裡——

那片黑暗中，有他被收起來的記憶嗎？或者。

那是澪的——多氣王女的記憶？

身體不斷地往下沉，覺得就要碰到黑暗時，澪醒了過來。

夜尚未完全亮起，房間沉浸在幽暗之中。

潮之家

潮の家

潮之家

雞胸肉放上梅肉與青紫蘇，裹上麵衣煎炸。切成短條的山藥灑上柴魚片。甜漬茗荷、芝麻涼拌菜豆、醃小黃瓜、豆腐海帶味噌湯。玉青做的菜餚總是美味極了。隨著天氣逐漸悶熱，餐桌上開始出現清爽的菜色。梅雨都還沒過去，卻悶熱得教人受不了。對於不習慣京都濕度的澪來說，玉青充滿愛的家常菜令人感激。澪吃著矮桌上的晚飯，默默地品嚐著它們的美味。漣和波鳥也一樣。紅莊的居民增加以後，原本收在儲藏室的另一張矮桌搬了出來，用餐時分成澪、漣、波鳥三人以及八尋、朝次郎、玉青三人兩桌。聽說居民增加時，多半都是這麼做。但許多居民同時聚首的情況，似乎相當難得。

「去年夏天我也來過京都……可是眞的好悶熱呢。」

澪享受著茗荷酸酸甜甜的滋味說。

「因爲梅雨吧。等梅雨過去，就會好一點了吧。」

漣端著味噌湯碗說。

「不，還是一樣悶熱。因爲氣溫更高，會更加濕熱。」

波鳥以優雅的拿筷動作輕鬆夾起山藥說。

我想也是……澪回想起去年剛從新幹線走出京都站月台時感受到的暑熱。那與艷陽高照的熾熱不同，是貼附在皮膚上的濕氣教人喘不過氣的悶熱。習慣之後就會沒事了嗎？

「不過像我，比起皮膚乾燥的冬天，我寧願選擇濕悶。」

玉青從另一張矮桌插口說。

「這裡的日式房屋只要把門窗打開，讓空氣流動，還算是涼爽嘛。」

八尋說著，大嚼毛豆飯，玉青駁斥說：

「又在隨口亂說。每年夏天，最愛抱怨天氣熱的不就是你嗎？」

「玉青嫂怕冷嘛。冰冷體質。」

「日式房屋冬天冷得受不了，根本沒辦法離開暖桌。」

但玉青並沒有她說的那麼黏著暖桌不放。澪覺得相反地，她似乎靠著四處忙活來驅寒。

玉青和八尋在聊天的時候，朝次郎也沒有要參加對話的樣子，默默地吃飯。他本來就沉默寡言。

用完飯後，眾人從煎茶換成麥茶，正在休息，波鳥忽然正襟危坐，開口：「那個……」

「怎麼了？」澪問。

「其實，白天的時候，哥哥找我商量……」

「妳哥哥？」

澪想起波鳥的哥哥青海那張俊秀的臉。

——是什麼事呢？

「哥哥希望澪小姐可以幫忙祓除的工作。」

「祓除的工作……？青海先生的嗎？」

「啊，不是，是高良大人的。」

「咦！」澪和漣的聲音重疊在一起。

「幫忙高良的工作嗎？」

「爲什麼澪要幫他？」漣的臉立刻臭掉了。「說起來，既然要人幫忙，應該是他要過來低頭拜託吧？」

波鳥爲難地垂下眉毛：

「不是，呃，怎麼說呢……該說是幫忙還是……原本的話，只需要高良大人一個人就夠了……」

澪想到了：

「啊，難道是要給我修行的機會嗎？」

波鳥露出鬆了一口氣的樣子點點頭：「是的，就是這樣。哥哥說高良大人希望澪小姐累積經驗……」

「是喔……」

——高良居然會說這種話……

既然會協助澪，可以解讀爲他變得積極了嗎？

「既然是千年蠱的工作，是透過和邇家的委託吧？」八尋托著腮幫子問。「和邇家同意嗎？」

「交給高良大人以後，和邇家就不會干涉了……」

「這樣喔？」

「因爲高良大人從來不會失手。工作完成後，哥哥再去報告，然後就結束了。」

「哦，原來如此。」

八尋點了點頭，喝了口麥茶，不知道想到什麼，說：

「那我也一起去。只有小澪一個人，實在不太放心。」

「是的，從一開始就是這麼打算——啊，對不起，麻生田先生是澪小姐的師父，應該先徵詢麻生田先生的同意才對。」

波鳥慌張地說，八尋擺了擺手：

「不會啦，這也不是什麼大不了的事。妳也太老實了。哦，我只是想，既然是和邇家仲介的委託，應該是和舊家有關的有趣案子吧。」

這才是眞心話吧。八尋喜歡舊家的詛咒、古老的怨念那些老到發霉的委託。

「那確實是舊家沒錯……但房子已經沒有人住，繼承人也只有很遠的親戚，家族應該已經斷絕了……」

八尋興致高昂地朝矮桌探出上身：

「很不錯啊。怎麼，是鬼屋？」

「嗯，好像是這樣……」

波鳥有點被眼睛閃閃發亮的八尋嚇到了。

「那房子在北區的原谷……」

「原谷？這樣啊……」

「那裡是哪裡？」澪問。

「西北的山中。五山送火[13]裡面，不是有左大文字的山嗎？就在它的更深處。大概算是金閣寺的後山吧。是所謂的京都的睡城。」八尋說。

「是在戰後才變成睡城的。」朝次郎難得插口補充說。「現在的原谷是招請戰後遷回國內的家族開拓的土地，叫『原谷開拓事業』。當時全國都有這樣的開拓地。這個國家政策，是爲了歸國國人、復員兵等等的失業措施。原谷從以前就有零星人口居住，但規模不到聚落這麼大。因爲必須翻山越嶺，所以人口稀疏。」

「是喔？」澪感到驚奇。戰後從海外遷回日本的家族的開拓地。這件事本身她聽說過，但沒想到京都也有這樣的土地。稍加追問，便不斷地出現許多陌生的歷史，有意思極了。

「既然是舊家，應該不是開拓之後遷過去，而是自古以來的人家吧。」

八尋一臉思索地仰望天花板說。

「我也還沒有聽說詳情……對不起。我想家兄會再做說明。」

「這樣啊。」八尋將視線從天花板移向波鳥。「唔，好吧。好像很有趣。」

——就這樣，澪等人決定在星期天前往原谷。

「那戶人家姓薪倉——」

青海一邊開車一邊說。載著高良的車子前往紅莊迎接，澪和波鳥上了車。漣則是搭八尋開的車。爲了誰要坐誰的車，起了一點爭執，但這是旁枝末節，不重要。總之最後波鳥乘上副駕駛座，高良和澪坐在後車座，搭乘青海開的車前往原谷。從紅莊所在的一乘寺，必須沿著北大路大道往金閣寺所在的西方橫越市區，再開上山路前往。等於是從市區的東側移動到西側。

「薪倉家從紀錄上來看，好像從江戶時代初期就住在原谷。這裡說的紀錄，是北野天滿宮的《諸事覺帳》，裡面留下了商人聯合要求在紙屋川的河岸開設豆腐料理店，這些商人裡面，就有薪倉家。當時的店號叫近

註 13：五山送火（五山送り火）是京都知名的祭典活動，每年八月十六日，會在大文字山等五座山，生起篝火排列成五種圖文，將盂蘭盆期間回到陽間的祖先靈魂送回彼岸。

江屋，單憑這份紀錄，看不出原本是做什麼生意的，但既然後人會以『薪倉』做爲店號，從土地來看，原本應該是做柴薪買賣的吧。因爲是山上，似乎有許多人賣柴爲生。這是最古老的紀錄，因此薪倉家開始落腳原谷，實際上應該更早。」

青海的說明流暢簡潔。他的音質徐緩柔和，就好像在聆聽清流潺潺聲。

「……人不會突然在山裡冒出來。應該是從某處遷過去的。」

高良低聲說。他交抱著手臂，看著車窗外。

「某處是哪裡？」

澪問，高良嘆了口氣：

「就是不知道，才會說『某處』啊。」

是這樣沒錯啦。

「不是啦……我是想問，你有什麼推測？」

高良眨了眨眼，轉向澪：

「去了就知道了。」

他打啞謎似地說。

「去了就知道？去那戶人家嗎？」

「沒錯。」

說完這句話後，高良就沉默了。

原以爲車子會開往金閣寺的方向，沒想到在前方與千本大道會合的路口右轉北上了。是鷹峰的方向。可能是察覺了澪的疑問，青海說「走這邊比較近」。他說原谷是山間盆地，大致上南北狹長，因此有些地點與其從金閣寺西側過去，從鷹峰繞過去更快。雖然一樣都是山路，但鷹峰的路彎道似乎也較爲平緩。後方八尋的車也跟了上來。

車子穩靜地前進，周圍的景色被翠綠的樹林圍繞。已經進入山地了。耳朵因氣壓而堵塞，澪嚥了口口水，排掉壓力。來到京都以後，她上山過幾次，但不知是否心理作用，她覺得每座山都和故鄉麻績村的山林不同。泥土的氣味，樹木吐綠的氣味。麻績村的山林每到冬季早晨，就像吐氣一般蒸氣瀰漫，可以感覺得出每一棵樹木都在呼吸，有著濃而清澈的水的氣味。但京都的山感覺味道更爲多樣。

「你住過八瀨以外的地方嗎？」

從山聯想到八瀨，澪沒頭沒腦地問了高良這個問題。高良乾脆地只應了一字：「有。」

「哪裡？京都以外的地方嗎？」

「很多。」

高良活了那麼多次，當然也住過京都以外的地方嗎？

「不同的土地，山的氣味都不一樣嗎？我覺得京都的山和長野的山氣味不一樣。」

「因爲山神不同。」

高良沒有對澪的話一笑置之，直接說出答案。

「山神不同，土壤就不同。土壤不同，氣息就會不同。妳說的氣味，就是氣息。」

「這樣喔……？」

澪聽得似懂非懂。

「山就是土。土就是本性。所以土的性質很重要。山神是土，山的形貌會顯現出神性。」

「哦，山的形貌……。原來如此。」

雖然懵懵懂懂，但澪覺得似乎明白。山的形貌十分奇妙，有些尖銳，有些渾圓，也有些看起來就像盤踞的蛇。形貌特異的山，散發出讓人不由自主想要敬拜的氛圍。依山上的殘雪來占卜吉凶的風俗，依據的也是山地的起伏吧。

高良的話看似平淡，卻耐人尋味，也像是繞了一圈，在表達極爲單純的事。這樣的說話風格相當罕見。

車子雖然開在山路上，卻不怎麼陡峭。路面雖然狹窄了許多，但這種程度的坡道的話，感覺一乘寺那一帶的山路更要陡急多了。沒多久，樹林消失，出現林立的民宅。不是山上常見的傳統老屋，而是散發出新穎的氛圍。並不是說嶄新，而是讓人感覺到剛定居不久的年輕歲月。

青海的車在狹窄的山路緩慢行進，彎進岔路，坡度一下子變陡了。路面變得更加狹窄蜿蜒，彷彿在拒絕他人的闖入。即使開在如此曲折的路上，青海依然面不改色，平順地操縱方向盤，繼續前進。蓊鬱的森林枝葉從兩側覆蓋上來，周圍一片陰暗。今天沒有下雨，道路和樹木卻都是濕的。陽光穿不透濃密的樹葉，通風也不佳，所以昨天下的雨還沒有乾吧。呈現青黑色的樹葉之間透出屋舍的身影。車子在路上不停地拐彎，靠近那棟房子，是一幢木造日式平房。那房子的年代看上去比「傳統老屋」還要古老，有著覆瓦的屋頂，以及髒兮兮的灰泥牆和泛黑的木板牆。看起來屋頂傾斜，應該不是心理作用。屋瓦多處脫落，隙縫間生出雜草。玻璃窗打叉貼上膠帶，也許是爲了預防破裂散落。有些窗戶已經破了。

——廢墟。

看上一眼，澪便這麼想。雖然已經聽說無人居住了，但沒想到竟破敗至此。

可是——澪從車窗東張西望。這裡是只有樹木和天空的山裡，也沒有剛才的住宅區那種明亮。

「是要祓除驅邪之後，把房子拆掉嗎？然後再蓋新房子？」

澪喃喃問道，波鳥從副駕駛座回頭：

「聽說預定要整地。和邇的叔叔的朋友說想要買下這一帶的土地。」

「哦，妳叔叔的朋友啊……」所以才會轉爲委託高良嗎？「他要住在這裡嗎？這裡感覺生活機能很糟耶。」

「聽說要蓋別墅。說因爲遠離住宅區，就像祕密基地一樣，很不錯。」

眞肯花錢。世上就是有這樣的有錢人。

「波鳥。」青海沉靜地打岔。「不必連這種事都對外人說。」

「啊。」波鳥聳起脖子。「對不起。」

「啊，哪裡，我才是對不起，不該問多餘的問題的。」澪連忙道歉。

「問題不在問的人，而是回答的人。」

青海委婉地說。他對妹妹也眞嚴格——雖然不到漣那種程度。但拍拍沮喪的波鳥鼓勵她的動作，也和漣天差地遠，溫柔極了。澪忍不住拿來跟漣比較。

大宅沒有圍牆或籬笆，不知道庭院範圍到哪裡，看上去周圍的森林與庭院融為了一體。或者包括森林在內，全都是薪倉家的土地？車子在快到房子的地方停了下來。這一帶的草從根部被割除，似乎最近才剛割過草。因爲不是連根拔起，很快又會長出一大片吧。這表示即使如此也無所謂。是因爲高良要來驅邪，所以先稍微整理一下嗎？

一走出冷氣涼爽的車子，悶熱的濕氣立刻籠罩全身。間雜著剛割除的青草氣味，幾乎讓人快呼吸不過來了。

——不光是這樣而已。

仰頭望去，大宅的陰森令人怵目驚心。並非因爲坐落在林間之故，而是背負著陰影，被陰影所覆蓋。邪靈的巢穴。澪感覺邪靈隨時都會像蒼蠅般從屋頂湧出，撲上來攻擊。她表情緊繃地木立在原地，波鳥擔心地挨向她：

「澪小姐，您還好嗎？」

「嗯……」

明明悶熱極了，手臂卻爬滿了雞皮疙瘩。背脊發冷。後頸冒出冷汗。澪握緊拳頭，反覆深呼吸。片刻之後，她漸漸平靜下來。

「嗯，我沒事。」

吁……她吐了一口氣，仰望宅子。自己是來驅邪的，現場有邪靈是理所當然。高良默默地看著澪。澪發現這件事，抬頭挺胸。還沒進屋子就先嚇到的話，高良會傻眼的。感覺高良似乎輕笑了一下。

八尋的車子到了。他好像和陡急的彎道奮戰了一番。「要是剛修好的車又出事，我可吃不消。」八尋下車笑道。漣眉頭糾結，默默地走下副駕駛座。是暈車了嗎？

「你暈車了嗎？」澪問。「沒有。」漣應道。好像只是不高興而已。

「八尋叔叔太吵了。」從這樣的怨言推測，是路上被八尋尋開心打發時間了嗎？「所以我才不想跟八尋叔叔獨處……」他牢騷著。

「真是十足的鬼屋啊。」八尋看著大宅，有些開心的樣子。「這是大正時代左右的建築物吧？要是好好維護，會是很棒的豪宅說，真是糟蹋了。」

確實，房子本身很大，建材和做工似乎也都很扎實，任其荒廢實在可惜。玻璃也有著老玻璃特有的起伏，營造出懷舊的氛圍。雖然沒有洋樓那種一望可知極盡奢侈的感覺，但從它的氛圍，感覺得出過去應該是一幢豪華的房屋。

「那，這邊的邪靈是什麼狀況？」

八尋問青海。青海重複對澪等人所做的說明。

「聽說屋內有海潮的味道。」青海說。

「海潮？海水的味道嗎？」

「是的。」青海一本正經地點點頭。澪再次觀察房子。

——海潮的味道？

在這樣的山中大宅？

「明明沒有漏水，地板卻會淹水，那水好像也是海水——」

「是舔了，所以知道是海水嗎？」八尋問。

「不，聽說是乾燥之後留下了鹽的結晶。」

「啊，這樣啊。很麻煩呢，釘子會鏽掉。」

「住戶好像也因此飽受困擾。但會搬離這棟房屋，最大的理由是屍體。」

「屍體！」

澪和漣的驚呼聲重疊在一起。波鳥可能事先聽說了，只是露出不安的神情。八尋皺起眉頭。高良滿不在乎地看著屋子。

「太可怕了吧。怎麼會有屍體？」

「據說沒有特定的地點，屋子裡會突然冒出屍體。雖然很快就會消失了。」

「屍體……的幽靈？」

澪說，青海微微偏頭，就像在說「不清楚」。

「還是該稱爲幻影……？據說也不會怎麼樣，就只是有屍體在那裡。而且好像是浮屍。不僅如此……」

青海瞥了屋子一眼，平靜地說：

「屍體還不只一具。」

沉靜的聲音，反而助長了毛骨悚然的感覺。

「不只一具，到處都是浮屍嗎？」

嗚噁——八尋發出呻吟，表情像在說「饒了我吧」。

「不是很清楚。不過聽說有時會有些年輕人爲了好玩而闖進這棟屋子，他們也目擊到那些屍體了。」

知道的資訊就這些——青海淡淡地說完，就此噤口不語。

八尋搔了搔頭：

「山裡的房屋有浮屍跟海水、海潮的氣味啊……。到底是怎麼回事？」

就算是海邊的人家，也不想看到浮屍的幻影，但卻是發生在山中，更是令人費解了。究竟是怎麼一回事？澪注視著房屋窗戶，但室內浸淫在一片黑暗之中，無法窺見。

「屋頂傾斜了，進去不會有事嗎？」漣仰望屋子問青海。

「一時半刻應該不會倒塌，但不確定是否安全。」

意思是，不管是建築物還是邪靈這兩方面都不安全吧。

「應該帶安全帽來的。」八尋說。

「遇到危險的時候，於菟會幫忙。」

意外的是，高良這麼說。八尋輕笑了一下：

「不是，你只會救小澪吧？」

高良擺出「廢話」的表情。原來是這樣？

「那，把門開著，確保退路，然後進屋吧。」八尋搔了搔頭，回望澪說：

「總之我先派松風進去探一探。可以吧，小澪？」

澪以前聽過，八尋的職神松風擅長探索。——這一點姑且不論，爲什麼要向澪確認？

「可以啊，可是爲什麼要跟我——」

「因爲這次算是妳的修行吧？既然如此，應該由妳主導才對。」

「咦……」

澪根本沒有這樣的心理準備。澪看向高良和青海。青海看高良，高良說「看妳的意思」。

——這不是把事情都丟給我嗎……？

澪忍不住心裡嘀咕，但轉念心想「這也是修行」，重新轉向房子。正面是大玄關，房屋本身似乎以接近L字的形狀朝深處延伸，L字較長的部分是正面。裡面的部分是後來加蓋的嗎？

「那……那就一邊討論，一邊前進吧。專斷獨行很危險嘛。」

「眞謹愼。這是好事。沒問題。」

聽到八尋這麼說，澪鬆了一口氣。青海從西裝口袋掏出鑰匙——澪想：就算是這樣的廢墟，也要上鎖啊——插進鎖孔裡。青海穿西裝，高良則是平常的制服，完全不在乎會弄髒。澪和漣都穿牛仔褲，雖然很熱，卻穿了長袖上衣，免得被蟲咬及擦傷等等。波鳥也是一樣的打扮，就連時髦的八尋都穿了卡其褲和T恤，配上一雙舊運動鞋。八尋脖子上掛了條毛巾，邊擦汗邊說「有夠熱」。

青海打開玄關門。一股氣味登時撲鼻而來。

——海潮味？

是一股混合了鹹味和魚腥味的氣味。這就是海潮味嗎？回想起來，澪從來沒有去過海邊，也沒有沐浴過海風。

八尋抽動著鼻子：

「確實是海潮味呢。是海邊的味道。」

三重面海，所以八尋才知道嗎？漣可能也和澪一樣無法確定，默默地嗅著氣味。

忽地，八尋朝裡面擲出了毛巾——看似如此，實則不然。是松風。松風竄進了屋內。

玄關裡很暗，右邊深處似乎有走廊，但看不清楚。左側有鞋櫃，右側是灰泥牆，進玄關以後，正面也是牆壁，牆壁旁邊有走廊，延伸到深處。左側好像也有條走廊。

很陰暗的房子。化爲邪靈巢窟的房子全都一樣陰森。並不是因爲遮雨板全部關上的緣故。明明也有玻璃窗，那些玻璃有些也都破裂脫落了，卻感覺不到戶外光線。就宛如整幢房屋被一層薄膜給籠罩、隱藏起來，甚至讓人懷疑是否連時間都凍結了。是與外界隔絕的邪靈牢籠。

忽然間，似有一道白風掠過臉旁。這瞬間，細微的光芒迸射而出，照亮了塵埃。空氣從破窗流瀉出去，走廊稍稍微恢復了明亮。八尋伸手，一隻有著長尾的白色小狐狸繞著他的手臂竄上肩膀，然而下一秒，牠的身影已然消失無蹤。——是松風。

「松風在屋子裡繞了一圈，好像幫忙把一些雜七雜八的東西趕出去了。」

「雜七雜八的東西……」

「邪靈會吸引邪靈。這種房屋會變成邪靈的巢窟。就像灰塵一樣。就類似撢掉灰塵，改善通風。」

就像雞毛撢子嗎？澪從松風的尾巴如此聯想。

「好像在上面吶。」八尋仰望天花板說。

「咦？上面？」

「松風在意上面。上面有什麼。」

「可是這裡不是平房嗎？沒有二樓……」

「閣樓之類的吧。總之進去看看吧。——我來殿後。那麼，漣要打頭陣呢。其他人就自便吧。青海，可以請你在外面待命嗎？有什麼狀況時，有人在外面比較好吧。」

明明叫澪主導，八尋卻任意指派崗位。澪沒辦法判斷該由誰打頭陣、誰殿後，所以鬆了一口氣。八尋是在為她示範吧。

漣踩上木板地時，回頭問：

「右邊和左邊，要走哪一邊？」

意外的是，漣也乖乖地聽從八尋的指示。澪覺得這種時候不會無謂地反抗，是漣的優點。

松風再次出現在八尋肩上，鼻子朝右邊深處的走廊抽動了幾下。「是右邊呢。」八尋說，漣點了點頭。

右邊的走廊似乎一路延伸到深處的廊台，外層的遮雨板全都關著。深處坐落在黑暗當中，無法看到底。眾人穿著鞋子從玄關踩上木板地，每踩上一步，地板便發出吱呀傾軋聲。感覺也像是在排斥地說「不要過來」。

八尋抓住旁邊的遮雨板。但板子只是喀噠搖晃，沒有要往旁邊滑動的樣子。八尋吆喝一聲，雙手抬起遮雨板，把它從軌道拆了下來。潮濕的空氣流入室內。漣也同樣地拆下一片遮雨板，靠放在旁邊的遮雨板上。像這樣先拆下幾片，有什麼狀況時就容易逃生了。光線也會明亮一些。海潮的氣味依舊。

漣走在前面，澪次之，高良跟在後面。波鳥走在八尋旁邊。

「漣兄沒有帶杖刀來呢。」

杖刀是用來袚除邪靈的細長刀子。今天漣沒有把它帶來，手無寸鐵。漣頭也不回地回答：「那不能在狹窄的屋內，而且周圍有人的地方揮舞吧？太危險了。」仔細想想確實如此。

每走一步，地板就吱嘎作響。不光是這樣，鞋底還有粗糙像沙子的觸感。是過去偷闖進來的人們鞋底留下的泥沙嗎？

「地板很多地方都爛掉了，走路當心。」

地板泛黑，呈現綠色，發霉得很嚴重。就像漣說的，有多處腐蝕。之前青海說屋子會淹水，所以應該是淹水導致的吧。

這裡是L字的短邊，因此廊台也不長。廊台左側並排著賞雪紙門[14]，全都關著。澪留心著腳下，步步爲營的前進，忽然在一道紙門前停下了腳

註

14：原文爲「雪見障子」，此種形式的拉門，上半部糊紙，下半部爲玻璃，可以透過玻璃欣賞戶外景色。

步。因爲海潮的氣味突然變得濃烈撲鼻。澪望向紙門，伸手抓住，這時另一隻手按住了她的手。是高良。抬頭一看，高良面無表情地搖搖頭：

「這不是主要目標。不要浪費時間。」

「意思是……」

門內應該有邪靈，但那並非重點——不是這個案子裡非袚除不可的邪靈。澪想到青海說過，屋內有浮屍。她放開紙門。那不是什麼特別想看的東西。

高良以目光指示前方，就像在叫她過去。漣停下腳步，回頭看澪。澪點了點頭，繼續往前走。

有浮屍……是死在這裡的人嗎？而且有好幾個。每個人都是溺死的？在這樣的山中？不，也有可能是死在浴缸裡……。充斥這個家的海潮味、淹水——而且是海水——跟這些有關嗎？

——難道那些人是被殺死的……？

澪一邊走著，忍不住想到這些。她上下左右的掃視，擔心暗處是否有邪靈埋伏。

「這種時候最好什麼都別想。」高良說。

不知不覺間，他不是跟在後面，而是來到了旁邊。澪仰望他的側臉，瞬間忘了置身的地點和狀況，對那張臉看得入迷，心想：好美的側臉。

「只憑眼中所見、所知的事實去判斷，會犯下疏失。事物自會歸結爲應有的樣貌，主動呈現。在那之前，要順其自然，任其發展。」

高良的話果然令人似懂非懂。

——意思是不要急著做出結論，而該順其自然嗎？

澪心想，應了聲「嗯」。「雖然我不是很明白。」

「不用去明白，自然就會明白。就是這麼回事。」

「是喔……？」

澪把頭轉回前方，輕嘆了一口氣。她不再東張西望，只看著前方。漣停下腳步。前方有一堵灰泥牆。是死路。漣四下掃視之後，轉向八尋：

「怎麼辦？要進去房間嗎？」漣指著紙拉門問。

「這個嘛，」八尋說，轉向澪。「小澪，妳想怎麼做？」

澪望著紙門。不過剛才被高良阻止了。澪眼前的紙門開了條細小的縫，裡面透出黑暗。是純然的漆黑。澪直盯著那裡看，覺得有什麼東西動了，還隱約聽見像衣物摩擦的聲音。澪屏住呼吸，定睛細看黑暗，果眞有什麼東西動了。那是——

——頭髮？

很像從肩膀滑落的漆黑長髮。

不知不覺間，澪伸出手，把指頭插進黑暗的隙縫間。一碰到隙縫，指尖便感覺到令人驚訝的冰寒，她忍不住抽回了手。

「小澪？」

聽到八尋的聲音，澪回頭，指著紙門說：

「可以進去這裡面嗎？」

「當然可以啊。」八尋乾脆地點點頭，來到紙門前。「打得開嗎？整棟房子都傾斜了，應該很難開吧——」

然而就像在嘲笑八尋的話，他的手一推，紙門便無聲無息地滑開來了。八尋好似嚇了一跳，對著紙門注視了半晌。他不知道想到什麼，把打開的紙門抬起來拆下，擱到旁邊，接著把正對房間的廊台遮雨板也拆了下來。

「預防萬一。」

是要確保退路吧。這樣一來，就可以從房間直接跑出戶外了。

紙門內是鋪榻榻米的和室。不大，只有六張榻榻米的空間，但與隔壁房間是以紙門區隔，而不是牆壁，因此拆下紙門後，應該會變成一間細長的大房間。正面是牆壁，粗糙不平的土牆四處龜裂，也有些地方剝落了。房間右角有木板門，似乎通往深處。木門裡面是走廊嗎？還是房間？那不是拉門，而是一般的門。澪的目光被那裡牢牢地吸引過去。不知道為什麼，她就是在意那裡。但也不是有邪靈的陰翳滲透出來。只是在她看來，陰暗的房間裡，那裡也顯得更加陰暗、潮濕。

漣進入房間。才剛踏進一步，他便驚嚇地低頭看腳下。

「軟趴趴的。」

他厭惡地說。確實，榻榻米飽含濕氣，撓彎起伏。

「不會一腳踏穿吧……」

漣嘀咕著，小心翼翼地前進。澪也跟了上去。進入和室，裡面一片陰寒，完全無法想像戶外的暑熱。早知道就披件開襟衫來了，澪摩挲著手臂心想。腳下偶爾傳來潮濕的「咕啾」聲。是被海水浸濕了嗎？即使沒有人住了，這屋子依然會淹滿潮水，浸泡在水中嗎？

——會不會是屋子某處有會湧出潮水的水井……？

澪這麼想著，站在木板門前。正在看剝落的牆壁的漣回頭：

「要去那裡嗎？」

「這裡面有什麼呢？」

漣來到旁邊。他由上到下打量了一下那片門，喃喃說：「這種位置怎麼會有門？」

「就是啊，很奇怪呢。不是壁櫥吧？」

「壁櫥都是拉門吧？就算是儲藏室，也應該會蓋在廊台盡頭——」

漣說著，轉動門板上的門把。往裡面一拉，門打開來了。澪嚥了口唾液，忍不住後退一步。感覺一片漆黑，什麼都看不見。全身爬滿雞皮疙瘩，髮根從根部倒豎起來。冷汗滑下頸脖。

原以爲一片漆黑，卻也只有一瞬間而已，眨眨眼後，便在昏黑之中看見了灰泥牆。開門之後，裡面只有約半張榻榻米的空間。是被灰泥牆圍繞的木板地房間——不對，左側有道階梯。很狹窄的階梯。上方一片陰暗，看不見。

「是閣樓嗎？」漣望向階梯上方。「太暗了，看不出來。」

澪回想起八尋先前說的話。

——松風在意上面。上面有什麼。

「上面……」

澪和漣都回頭看八尋。八尋撫摸著肩上的松風的喉嚨。

「我先上去嗎？」八尋說。

「不，我去。」漣說。

「沒問題嗎？」

漣默默地爬上階梯。一道道嘰嘎聲響起。澪看向高良。高良瞪著階梯上方。他的表情令澪不安。

「漣……漣兄，等一下！」

「哇！」

她反射性地抓住漣的腳，漣往階梯栽倒過去。

「幹嘛！很危險耶！」

「等一下，我先上去。」

「爲什麼？」

「因爲，總覺得……」

她難以將那股幽微的不安形諸話語。

「我有不祥的預感。」

漣皺起眉頭：

「不要在這種地方講那種不吉利的話。而且既然有不祥的預感，就更應該——」

漣說到一半打住，再次踩上階梯。

「由我去。」

他只留下這句話，便爬上樓梯了。

——怎麼辦？

澪忍不住回望高良。高良與澪對望，皺起眉頭，嘆了一口氣。

「……夜尺斯。」

耳畔響起啪沙振翅聲。澪回頭看向階梯的時候，黑色的翅膀已經消失在它上方了。

是高良的職神烏鴉。高良為了澪而召喚了職神。

漣不悅地看高良，但高良沒理他。

「夜尺斯先去探路。就算前方有什麼，也會因為驚嚇而暫時躲起來吧。」

「謝謝。」

這種時候，高良果然會伸出援手。原本因爲不安而起伏的心胸穩定下來，澪鬆了一口氣，肩膀放鬆下來。

「只要感覺夠敏銳，就能率先察覺危險。不該忽視這種感覺。探路也不是巫女的工作。如果周圍的人太遲鈍，會讓巫女不必要地曝露在危險當中。」

要當心——高良淡淡地說。這話不是對澪，而是在對漣說吧。雖然他連看都沒有看漣。

漣的表情苦澀到家。但他不發一語，就這樣默默地爬上階梯了。澪也跟了上去。階梯陡到必須以手抓扶才能攀爬，但並不長。老房子天花板很矮，因此閣樓也高不到哪裡去吧。可能有蜘蛛網，漣的手在臉前揮著，爬到了樓梯頂端。閣樓因爲地板縫隙透出來的陽光，意外地一片微亮。也許是因爲夜尺斯幫忙驅走了多餘的邪靈。

這裡與其說是閣樓，應該就只是天花板上方，並沒有特別蓋成房間。

有地板，粗柱之間架著橫梁，看得到屋頂內側。屋頂各處撓彎漏水。屋子中心格外粗壯的柱子前，有座像小祠堂的東西。烏鴉——夜尺斯就停在它附近的梁上休息。

「漣兄，有祠堂……」

「是啊。」

屋頂上方的高度不足以讓人直立，因此必須弓著身體靠近那裡。很快地，高良、波鳥還有八尋也都上樓來了。

祠堂的樣式和家庭裡常見的神棚很像。是木造的，外型就像神殿。有一對白色的花瓶，過去或許插著榊葉，但現在已經傾倒。原本似乎用來擺放供品的白色碟子上只有一層黑黴。

「打開來看看嗎？」

漣說，把手伸向祠堂的門。解開金屬扣具將門打開，裡面放著一樣奇妙的東西。

「……篩子？」

是一個小篩子。應該是竹製的，是個平凡無奇、感覺到處都能買到的篩子。它就立放在祠堂裡。除此之外，沒有任何東西。

漣取出篩子。「都是沙。」

篩子沾滿了沙子。沙子零散地灑到地板上。澪用指頭把它捏起來，連積在地板上不曉得是灰塵還是黴菌的東西都沾到指頭了。瞬間，澪嗅到一股濃烈的海潮味。腳下一陣搖晃，她閉上了眼睛。

嘩嘩……她聽見海浪聲。微微睜眼一看，旁邊似乎躺著一團膨脹的泥巴，她嚇了一跳，定睛細看，立刻就後悔了。

那不是什麼泥巴，而是膨脹欲破的人形之物。看不出是男是女，敞開的木綿短和服中癱軟地伸出手腳，全身貼滿了海藻，原本可能梳了髮髻，但已經塌鬆開來。眼睛睜著，瞳眸卻是混濁的灰色。青色的嘴唇痛苦地扭曲，其間露出黃色的牙齒。

是浮屍——如此認識到的瞬間，澪昏了過去。

澪突然往前栽倒，漣慌了手腳。他還沒來得及丟掉手上的篩子伸手扶，高良已經接住了澪的身體。澪昏倒了。

「澪——」

「怎麼會有人蠢到隨便去拿那種東西？」

冰冷的聲音貫穿了漣。漣看向篩子。高良冷冷地瞥了他一眼，抱著澪站了起來。他的動作輕鬆無比，一點都不像抱著一具肉體。

「對方窺伺著這裡，差不多要發動攻擊了。」

漣吃了一驚，張望四周圍。陰暗的天花板上方各處盤踞著黑影。是一團又一團的邪靈。它們一動也不動，就彷彿正在窺伺一行人如何出招，尋找發動攻擊的時機。

「先下去吧。」

八尋催促，漣和波鳥都前往階梯。高良已經抱著澪下去了。漣覺得海潮味纏繞在身上揮之不去。澪昏過去之前看到了什麼？漣什麼都沒看見，只覺得海潮味變濃了。

回到和室後，海潮味依舊濃重。莫名地令人窒息。

「波鳥，妳還好嗎？」

八尋撫摸著波鳥的背。波鳥面無血色，緊咬著下唇點點頭。或許她也看見什麼了。

漣看著自己的手。

——怎麼會有人蠢到隨便去拿那種東西？

那是蠱物嗎？

指頭殘留著沙子，漣皺眉將它甩掉。抱著澪的高良正要從預先打開的遮雨板走出戶外。漣想要跟上去，才跨出一步，水就從鞋底噴濺開來。

——水？

他俯視腳下，一陣驚嚇。榻榻米上薄薄地積了一層水。不，是某種黑濁的液體，漣是不是水都不知道。濺起的水花就這樣停留在空中，像蜃影一樣擺盪，就要纏上漣的腳。漣咂了一下舌頭，抽回了腳。

「漣，出去外面。」

八尋簡短地指示，漣跑向廊台。踩出來的水聲比剛才更激烈了。水位升高了。每次水花濺起，便生出黑色的蜃影，從下方襲擊上來。要呼叫颪嗎？漣正欲開口，許多白色的物體倏然掠過眼前。有振翅聲，也看到翅膀了。是白色的鳥。許多白鳥在四下飛舞。白鳥飛舞著，以尖喙啄咬襲擊上來的邪靈，用翅膀驅逐它們。

——白鷺。

這是職神。但這些職神是——

漣被八尋推著，從廊台跑出了戶外。隨著悶熱的濕氣，海潮味消失，山林的氣味籠罩上來。漣大大地深吸一口氣，覺得活了過來。

「你還好嗎？麻績。」

聽到不應該在這裡聽見的聲音，漣抬起頭來。出流就站在前方，輕輕朝他揮手。

「剛才的白鷺……。果然是你。」

那是出流的職神。漣本來還以為不可能。

「我是覺得也不必我出手，但要是受傷就不好了嘛。我會太多管閒事嗎？」

「不會……」

再怎麼說，出流都救了他，應該道個謝嗎？但還不清楚他出現在這裡，意圖何在，漣支吾起來。高良看也不看出流，青海則是微微蹙眉，關注著他的動向。青海隸屬的和邇家與出流的日下部家彼此對立，因此現場的氣氛變得劍拔弩張。

「這不是日下部嗎？你怎麼會跑來這裡？」

八尋悠哉地出聲，就像要解除緊張。該說薑還是老的辣嗎？這種時候，八尋依然老神在在。

「千年蟲有行動，我也得有所行動才行。雖然也稱不上監視啦。雖然很麻煩，但這是我職責所在。」

出流一臉滿不在乎地回答。

「不過我是學生，所以基本上還是以學業為重。結果跑來一看，大家都跑進鬼屋裡了，我正在想該怎麼辦，就冒出邪靈來了……」

「所以你出手相救？」

「我是麻績的朋友嘛。」

出流笑咪咪地說。只看那張笑容，完全就是個純真善良的好青年。

「所以我也沒做任何會惹麻績生氣的事喔。看，今天我兩手空空。」

出流舉起雙手。他穿著青灰色的T恤配白色牛仔褲，揹著背包，但沒有武器。

「我不想再像上次那樣跟大家對幹了。而且我也跟麻績說好了，對吧？」

出流對漣笑道。八尋用眼神詢問，漣點了點頭。

「你們感情真好。」八尋要笑不笑地這麼說，漣感到心情複雜。但仔細想想彼此的立場，和出流敵對，也沒有任何好處。應該要拉攏出流，免得他加害澪才對。

「唔，這件事先擱一邊——」

雖然不曉得八尋是否接受了，但他把視線從出流轉到高良身上。不，是澪身上嗎？八尋走到高良旁邊，探頭看澪的臉。

「只是昏過去而已嗎？也不能就任她這樣，今天先撤退嗎？」八尋回望青海。「可以嗎？青海。」

「是。」青海點點頭，卻在意著其他方向。是波烏。波烏一臉蒼白地摀著嘴巴，蜷起了背。

「啊，這樣不行。」出流喃喃道。他大步走近波烏，抓住她的手，不容反抗地把她帶到庭院角落。青海連忙追上去。

「吐一吐比較舒服。」

出流讓波烏蹲下來，撫摸她的背。接著傳來痛苦嘔吐的聲音。

「沒關係，盡量吐吧。沒事的。」

出流的聲音溫柔得令人驚訝。明明澪說上回雙方對峙的時候，他毫不留情地用矛尾戳了波烏。

出流接著從背包裡取出瓶裝水遞給波烏。

「用這個漱漱口。來，毛巾。」
出流以熟練的動作替波鳥擦嘴。漣靠過去，出流伸手制止。
「麻績，女生在吐的時候不可以跑來看，不禮貌。」
「那你呢？」
「我習慣了，不一樣。這就跟照顧醉鬼是一樣的。」
習慣照顧醉鬼……？漣感到疑問，但總覺得出流的側臉在拒絕提問，閉上了嘴。
「對……對不起……弄髒了……」
波鳥發出幾不可聞的細聲說。好像是嘔吐物噴到出流的運動鞋了。
「這沒什麼啦。」出流滿不在乎地說，用水沖了沖。
「臉色好轉了。應該沒事了。」
可能是吐過之後舒服多了，波鳥的臉恢復了血色。「謝謝。」青海一臉複雜地道謝。
「可以算欠我一次嗎？大哥。」出流精明地說，笑道：「下次我遇到危機的時候，記得救我啊。」

青海一臉慍色。「那個……」波鳥出聲。「你救的是我，要是你出了什麼事，我會救你的……」

「妳嗎？是喔，我是不怎麼期待啦。」出流大剌剌地說了沒禮貌的話，一笑置之。「那我就稍微指望一下好了。」

出流一個轉身，轉向了漣。

「麻績，你想知道這戶人家的事吧？」

說到「這戶人家」時，出流指著房屋。

「嗯，是啊……怎麼了嗎？」

「這棟鬼屋我也從很久以前就注意到了，所以略知一二。喏，我的興趣不是逛靈異景點嗎？」

漣盯著出流的臉看。儘管是一張沒有特出之處的端正臉孔，出流的表情卻散發出可疑的氣息。

「你妹妹得回家吧？她這個樣子，今天是派不上用場了。」

回頭一看，澪已經被抱到八尋的車子後座躺下了。高良站在車子旁邊，俯視著澪。

「不過連你都毫無收穫就回去，未免太可惜了。跟我來吧。」

漣忍不住看向八尋。八尋交抱著手臂站著，看著澪以及漣和出流兩邊。

「你去看看吧。我帶小澪回去。」

八尋對著澪那裡說。情急之下向八尋尋求指示，讓漣感到忸怩，但他還是回答：「我知道了。」

——我是害怕自己做決定。

澪會昏倒，是因爲自己輕率地拿起了那個篩子的緣故吧。他未能察覺危機，也無法迴避，沒有留心周圍，也沒發現波鳥的身體不適。出流還比自己有用多了。

——所以你才是個半吊子。

他覺得不知何處傳來這樣的聲音。不，是自己在說話。肩膀好沉重。

彷彿背上揹了塊重石。

漣沉默不語，出流笑著拍他的背：「麻績，你一定又在想些認眞過頭的事了吧？」

海浪的聲音。嘩嘩……嘩嘩……是反覆拍打上來的海浪聲。全身就像被海浪聲給籠罩一般，愉悅極了。澪在浪頭間漂蕩著。明亮的陽光傾灑而下。身體悠悠晃盪。頭髮在水中散開，魚兒靠近過來。魚的嘴巴啄食著皮膚。鳥群飛舞而下，以尖喙撕下柔軟的皮肉。海藻纏繞在手腳上，無法逃離海中。強烈的海潮味，是生者與死者交融的氣味。死者在海中漂浮，最終消融，再次做爲生者復返。就如同太陽沉入海中，被大海洗滌，再次從海中重生——

澪睜開眼睛，看見天花板。應該早已熟悉的天花板，澪卻一瞬間疑惑：這裡是哪裡？

——是我在紅莊的房間。

但澪依然困惑，因爲她應該身在原谷的房屋才對。怎麼會……她回溯記憶，憶起不願想起的事。

——浮屍。

對了。自己看到浮屍，眼前一黑。是昏倒了吧。

一回想起來，嘔吐感便湧上胸口，澪連忙轉移注意力。是漣他們把昏倒的澪帶回來了嗎？她慢慢地左右轉頭張望，但房間裡沒有人。很安靜。

高良也離開了嗎？一想到這裡，便全身一軟。這可以用失望來形容嗎？

她用手撐起身體，坐了起來。室內很明亮。窗戶都開著，風隔著簾子輕拂而過。原以爲沒有人，但照手蜷縮在棉被尾端正在睡覺。澪掀起身上的毛巾被，起身離開房間。有種類似發燒請假在家，午後忽然醒來時那種懸在半空中的寂寞感。

起居間傳來說話聲，她往那裡走去。八尋和波鳥在起居間邊喝麥茶邊談笑。

「啊，妳醒了啊，小澪。」

八尋注意到澪，舉起一手。波鳥把整個身體轉過來坐正：

「澪小姐，身體還好嗎？」

「嗯，我沒事……」

澪回道，頂著依然昏昏沉沉的腦袋在矮桌前坐了下來。

「要喝麥茶嗎？還是熱茶比較好？」

聽到波鳥的話，澪發現自己渴極了。她要了麥茶，波鳥立刻端來給她。

「玉青嫂和朝次郎叔好像都出門了。可是這樣也好。要是又看到妳昏倒，我又要挨玉青嫂的罵了。」

八尋，明明有你跟著，你到底在做什麼！——澪也能想像出玉青青筋畢露地生氣的模樣，虛弱地笑了。自己到底有沒有進步？明明要趕快成長不可，眞教人心急。

「去沖個澡替代祓禊怎麼樣？妳應該滿身灰塵吧？」

「是啊……」澪應著，東張西望。「那個，漣兄呢？」

「漣跟日下部有點事。青海和高良回去八瀨了。日……」

澪眨了眨眼：「日下部……咦？」

「啊，對了。那時候妳昏倒了，所以不知道。日下部突然冒出來，唔，幫了我們。然後他好像知道那棟屋子的一些事，所以跟漣一起不曉得去哪裡了。」

「跟漣兄……」澪皺眉。「不會有事嗎？」

「漣不是三歲小孩了。」八尋爽朗地笑。「他應該也有自己的想法，除了他主動要求提供建議的時候以外，我覺得任由他去比較好。」

「喔……」

「漣有時候會想太多嘛。有日下部那樣的人跟著他，或許意外地比較不會鑽牛角尖喔。」

——鑽牛角尖。確實，漣兄或許有著這樣的一面……

他會想要全部一個人扛下來。明明不可能從一到十，全部自己一個人做到完美。

「我倒是覺得日下部那小子滿討厭的，對他沒好感。」

哈哈，八尋笑道。

「跟那小子比起來，高良還比較討喜呢。很有人味。」

忽然間，澪注意到八尋稱他爲「高良」。記得之前好像都還是叫他「千年蠱」。

這件事讓澪覺得心胸好似一下子亮了起來，或是有一陣清風吹過。

澪聽從八尋的建議，去浴室沖了澡。波鳥和八尋也說他們沖過澡了。確實，皮膚莫名黏膩，很不舒服。是灰塵和汗水混合在一起了嗎？

澪讓蓮蓬頭的水當頭淋下，仔細清洗每一寸頭髮，感到全身輕盈，宛如脫了一層皮。換上乾淨的襯衫長褲，擦著頭髮回到起居間，八尋問：

「舒服多了吧？」

「是的，身體變輕鬆了。」

「那棟房子眞的很糟糕哪。沖過澡才總算擺脫了海潮味。」

聽到這話，澪才發現海潮味消失了。她跪坐下來，用毛巾掩住嘴巴：

「……我在那棟房子的屋頂上……」

「如果不舒服，不用勉強想起來。妳應該看到和波鳥一樣的東西了。」

澪驚覺，望向波鳥。波鳥臉色有些蒼白，小聲說：「是浮屍……對吧？」

澪點點頭：

「妳也看到了。」

澪打從心底同情波鳥。但波鳥微微搖頭，憐惜地說：「我是看到了，但距離不近……那個，澪小姐在很近的地方看到了對吧？」

沒錯。澪看到的浮屍近在眼前。

刺鼻的海潮味。飽脹的肉、泡爛的皮膚、混濁的眼睛——澪閉上眼睛，喘了一口氣。

「那也算是邪靈嗎？」

澪問，八尋說「是吧」，接著說：「雖然我沒看到。」

「爲什麼只有我和波鳥看得到？」

不，或許高良也看到了。

「是因爲在我們看到之前，妳們先看到的關係嗎？妳們在這方面應該比較敏銳。」

「因爲我們是巫女……？」

「沒錯。然後那些波臣——啊，妳們知道波臣嗎？就是溺死的人。」

這個詞只在歷史劇裡聽過。雖然知道這個詞，但澪不知道爲什麼會叫波臣[15]。

「怎麼會出現浮屍？那會不會就是那棟房子淹水、充斥著海潮味的元凶？天花板上的祠堂是什麼？大致上的疑點有這些呢。」

八尋屈指計算疑點。

「還有……」澪開口。

「還有什麼嗎？」

「那戶人家──薪倉家的人，是從哪裡來的？」

「源流嗎？是啊……」八尋抱起胸膛。「或許這就是一切疑點的答案。」

「怎麼說？」

「海潮味、海水、浮屍。從這些來看，不管怎麼想，薪倉家都是來自海邊的家族。他們特地從海邊搬到那樣的山裡，而且在當時是相當隱密的荒山。那裡甚至有平家的落人傳說[16]呢。」

這表示該地就是如此人跡罕至，甚至被傳說是平家敗逃之人的躲藏之

註15：日文原文爲「土左衛門」，據說是江戶時代，人們將浮屍比喻爲當時的相撲力士成瀨川土左衛門，以他又白又胖的體型而稱之。

註16：相傳在平安時代末期的源平合戰中落敗的平家一族，逃散到各地山間隱密之處倖存下來。這樣的傳說稱爲平家落人傳說。

處。

「——也就是說，他們是在逃離什麼而躲藏到那裡？」

「唔……」八尋側著頭沉思起來。「是啊……唔，可是……」

「不是嗎？」

「不，我覺得應該就是這樣……可是有點在意……」

「在意什麼？」

「篩子。」

八尋盯著矮桌低聲道。

「祠堂裡的篩子。我對它耿耿於懷。我覺得好像在哪裡看過那樣的東西……是什麼去了呢？」

那是個平凡無奇的篩子。然而卻祭祀在祠堂裡，令人不解。

「如果把它當成籃子來看，應該是驅邪之用……」波鳥怯怯地插口道。

「籃子？」澪問，波鳥交叉雙手手指，比出叉印說「竹籃紋」。

「自古以來，竹籃紋就被拿來做爲驅邪之用。據說是因爲竹籃的洞孔就像無數的眼睛，而邪惡的東西不喜歡被注視……」

「妳是說，把篩子也當成一種籃子來看嗎？」

「是啊。」

澪看向依然沉默的八尋。八尋瞪也似地看著矮桌的一點，若有所思。

「驅邪……是啊，嗯。」

八尋拍了一下大腿，直接站了起來。

「我去查點東西。妳們兩個休息。漣應該很快就會帶著某些收穫回來了。」

八尋留下這話，迅速離開起居間了。被留下的澪和波鳥面面相覷。

「休息……？要做什麼？」

澪已經睡過了，不用再休息了。

「那個……」波鳥把身子湊近過來，就像有事商量。

「怎麼了嗎？」

「哦，就是，如果方便的話……」

「什麼事？」

「……可以教我數學的作業嗎？」

波烏垂下眉尾，表情苦惱到家。

「我還以爲是什麼大問題。」

「對不起……我數學很糟……」

波烏垂頭喪氣。澪輕笑了一下：

「沒問題啦。不過我數學也不是那麼好。我也不會的地方，就等漣兄回來叫他教妳吧。」

「好的。」波烏的表情轉爲明亮。「謝謝澪小姐。」

——幸好有波烏在這裡。

這種時候，澪這麼想。要是八尋不在，沒有任何人陪伴，感覺她一個人會不斷地想著不好的事。

——高良現在怎麼了呢？

這種時候，他會一個人一直沉浸在思索中嗎？要是他有可以說話的對象就好了。如果那是澪的話。

——就能排遣煩憂嗎？還是會讓他更難受？

會是哪一邊呢？什麼都好，什麼事都想跟他聊聊。就像一起躲雨那時候一樣。

看到澪的身體忽然倒下的瞬間，高良全身冒出冷汗。但他依然沒有僵住，反射性地扶住她的身體，這完全是靠著意志力的行動。

——我到底要目睹這一幕多少次？

感覺到懷裡的澪的身體是溫暖的，正規律地呼吸著，他打從心底鬆了一口氣。安心感充塞了整個心胸。對高良而言，安心並非肩膀放鬆，而是胸口糾緊，痛苦到無法呼吸。就是如此強烈的感受。

看著躺在車座上一臉蒼白的澪，想要永遠待在一旁看守的欲望，和想要立刻消失不見的羞慚摻雜在一起。

車主八尋感慨良多地對著茫然佇立的高良說：
——你現在還是愛著她呢……
他的聲音聽起來遙遠極了。

「這次澪小姐會昏倒，與其說是邪靈攻擊，更應該是因爲看到浮屍的關係吧。那當然會昏倒了。換成是我，可能也會嚇昏。」
秋生在廊台坐下來笑道。
「幽靈哪會昏倒。」
高良走下庭院。四下被窒悶的濕氣籠罩，感覺口鼻都被塞住了。
「京都的山裡有散發出海潮味的房屋，這實在太恐怖了。」
「沒什麼好恐怖的。」
「是嗎？怎麼說？」
「只要有人住，就一定與海有關。人要活下去，就少不了鹽。」
「啊，是這個意思啊。這麼說來，古時候賣鹽的行商都會進深山做生意嘛。」

薪倉家原本會不會也是以賣鹽爲業的……？高良也如此懷疑。不管怎麼樣，都是與大海有關的人家吧。

——然後是那些浮屍。

澪知道那浮屍有什麼意義嗎？只要明白這一點，澪就有辦法祓除那棟屋子的邪靈吧。

——我是在培訓她嗎？

也太悠哉了——高良有時會如此自嘲。明明早就拋棄解開詛咒的希望了。

可是——

澪想要把高良——不，把巫陽捨棄的事物，一樣一樣珍惜地重新撿拾回來。雖然她本人或許完全沒有意識到。

高良有種心臟表面受到灼烤的感覺。是急切、煩躁，還是焦慮？

但並非死心，也不是絕望。某種神祕難測的感情，正煎熬著心臟的表面。

也不是駭懼，但十分相似。想要更進一步瞭解——是類似這樣的欲望。大概就像是期待那裡有一片尚未踏入的大地。

高良俯視自己的手，悄悄地握住拳頭。

加了滿滿的洋蔥絲、青椒絲、紅蘿蔔絲的竹筴魚南蠻漬[17]。鬆軟的馬鈴薯沙拉。拌入梅乾泥、紫蘇、白芝麻、魩仔魚的清爽拌飯。放了沙丁魚丸的味噌湯。矮桌上並排著一看就令人垂涎三尺的菜色。

聽說今天朝次郎和玉青一起去掃墓什麼的，帶著新鮮的魚回來了。如果是忌部家的家墓，應該在京都市內，不曉得他們到底是去了哪裡。

漣在夫婦倆回家以後回來了。好像有什麼收穫，但他看起來很累，因此八尋提議晚餐後再慢慢聽他說。

「人肚子餓就會脾氣暴躁，腦袋也不靈光。先吃飯再說吧。」這是八尋的說法。澪也同意他的話。餓肚子不會有好事。

漣不曉得在想什麼，一臉凝重地盯著桌上的菜色，默默地動筷。

漣回想著出流的話。

——這要是春天，櫻花會開得很美。

後來漣和八尋等人分開，和出流一起離開薪倉家。出流一邊走下坡道，一邊望著遠方說了這樣的話。

「櫻花？你說山櫻嗎？」

「不是，這裡有賞櫻的名勝景點。原谷苑。只有春季才開放。」

漣沒什麼興趣，漫應了一聲「是喔」。

「麻績，比起花朵，你更喜歡糰子是嗎？[18]」

「都可以。」

註

17：南蠻漬是將炸魚或炸肉以辣椒及醋等調味料醃漬的料理。

出流笑了：「我就知道你會這樣說。順帶一提，我比較喜歡花。」太假了。出流看起來對任何事都不怎麼關心。應該說沒什麼執著嗎？走下曲折的坡道盡頭，有輛車停在那裡。是令人眼睛一亮的藍色休旅車。出流走近那裡。

「原來你有車？」

「我堂哥的。獨居的學生就算買車子，也養不起啊。——麻績你坐那邊。」

出流指示漣坐副駕駛座，自己乘上駕駛座。

「要來原谷，沒車很不方便，所以借了車。不過早知道就該用租的。路曲折成這樣，要是不小心刮到，我會被我堂哥宰了。」

出流笑著說出可怕的話。只是刮到而已，說什麼宰不宰的，太誇張了。漣正這麼想，結果出流瞄了他一眼，冷冷地笑道：

「麻績，世上有些人就連看到下雨，都會怪罪『都是你害的』，連小孩都照打不誤，要當心啊。」

「……你堂兄是那種人？太可怕了吧？」

「可怕的人意外地到處都是喔。你很少遇到那種誇張的人對吧？像我這種。」

「……我不覺得你誇張到哪裡去啊。」

雖然覺得出流很吊兒郎當，又超級沒神經。

「是嗎？你人眞好。」

這話聽起來有些瞧不起人，漣一陣不悅。出流笑了：

「你的想法都會直接寫在臉上呢。人家稱讚你人好，你生氣什麼嘛？」

「別囉唆了，快點開車。」

註

18：日文有句俗諺「糰子更勝花朵」（花より団子），意爲比起美麗的花朵，可以吃的糰子更好，有重視實益更勝於外表之意。

出流發動引擎，駛出車子。

「你堂兄也是，那麼寶貝他的車的話，別借你就好了。」

「你真是不懂。就是想炫耀，才會借我啊。要是弄傷了，就可以拿這當理由叫他爸買新車。」

有太多無法理解的細節，漣懶得再說了。

「你不問要去哪裡嗎？也不曉得會被載去哪裡，不怕上的是賊車？」

「不是你叫我上車的嗎？……要去哪？」

「前面有個我認識的老爺爺，去他那裡。在原谷弁財天附近。」

「認識？怎麼認識的？」

「賞花的時候遇到的。喏，我不是說我之前就注意到那棟鬼屋了嗎？後來就會時不時過來這兒晃晃。我就是在櫻花盛開的季節遇到那個老爺爺的。」

「那個老爺爺也是來賞花的嗎？」

「也不是賞花，嗯……」

出流輕笑了一下。出流會露出親切的笑，卻也會冷笑，或露出高深莫測的笑。漣也覺得那些全都是虛僞的笑。

車子在住宅區的小巷裡緩慢前行。不是京都街道那種筆直的路，但街景維護得很不錯，予人井然有序的印象。周圍被群山綠意圍繞，公園裡有小孩子發出歡呼聲在玩樂，景象十分悠閒，很快地，車子駛離住宅區，開進左右都是廣闊森林的小路。開了一段路後，來到一處稍微開闊的碎石空地。好像是死路。出流熄掉車子引擎。

「沒有人家啊？」

「嗯，沒有。」

出流下了車。漣無可奈何，也下了副駕駛座。瀰漫著濃濃的綠意清香。周圍只有樹木。

「這邊。」

出流朝樹林走去。是有什麼獸徑通往人家嗎？漣如此猜想，出流卻停在一棵杉樹前。什麼？——漣原本就要出聲，卻也驚訝地停下了腳步。

樹木周圍生長著茂密的草叢。有葉片暗綠的蕨類、山白竹、花形素雅的淡紫色山繡球花、開著嬌小可愛的點點白花的虎耳草。宛如潛伏其中一般，漣看見一名抱膝而坐的老人背影。頭髮又白又稀疏，幾乎禿了。垂下的後頸浮現骨頭，乾瘦的身體裹著髒兮兮的浴衣和服。

「我來賞花，四處亂逛的時候發現的。」出流說。「雖然是邪靈，但到了櫻花季節也會跟著開心起來吧。它跑到更前面一點的路上。那一帶也開著櫻花。」

——邪靈……

沒錯。躲在灌木叢裡坐著的，毫無疑問是邪靈。

漣瞪了出流一眼：「這到底是——」

「這個老爺爺是薪倉家的人。」

「咦！」

漣把怨言吞了回去。他連忙看向老人的臉。但就算看到長相，也不可能知道對方是誰。

老人的眼神恍恍惚惚，眼睛就像空洞。嘴巴也像個窟窿。嘴唇發出「啊嘎啊嘎」聲震動著。

漣忍不住後退一步，站到出流旁邊。出流拍了一下漣的肩膀：

「是哪一代的人，詳情我不清楚。也沒辦法對話。不過他嘴裡一直嘀咕咕著什麼。」

「嘀嘀咕咕？說什麼……？」

出流默不作聲。意思是叫他默默張大耳朵仔細聽吧。

——……我……過我……放過我……

隱隱約約，聽得到宛如密布烏雲般低沉、潮濕的呻吟。聲音沙啞細小，別說鳥叫聲了，連樹葉摩擦聲都能輕易蓋過它。老人痛苦地喘息著，呻吟不止。

——請原諒我……。……放過我……

請原諒我。請放過我。老人就這樣一再地懇求饒恕。漣屏住呼吸，靜靜地聆聽老人的聲音。

——請原諒祖先的罪……請原諒薪倉家……

「這個老爺爺回不去。」

出流低聲說道。

「他死在醫院，遺體被送回家辦葬禮，靈魂卻被那個家的邪靈擋住進不去的樣子。所以現在依然在這種地方徘徊。」

「被邪靈擋住……？」

仔細一看，老人身上的浴衣是右襟在上的左衽，是殮衣[19]。漣本來還以為只是髒掉的浴衣。

「不要說話，仔細聽。」

「是你跟我說話的吧？」

「抱歉抱歉。」

漣再次聆聽老人的聲音。

——原諒我……OSHIOI 大人……OSHIOI 大人……

「『OSHIOI 大人』？」

聽起來像這樣的發音。乍聽之下不解其意。是姓氏嗎？漢字怎麼寫？

「我覺得那應該就是邪靈的眞面目吧？」

「眞面目……」

漣回想起房子天花板上的小祠堂。沾滿沙子的篩子就像御神體一樣收在祠堂裡……

漣說出篩子的事，出流納悶地歪頭：

「爲什麼是篩子？」

「我才想問。」

「篩子我不懂，不過既然有祠堂，應該是祭祀屋神吧。」

屋神——不同於氏神或當地神明，屋神是每一戶人家各自祭祀的神明。

註

19：原文爲「經帷子」，是寫有經文的麻製殮衣。日本和服的穿法是右衽，殮衣則是左衽。

「那會不會就是『OSHIOI 大人』？」

「等一下。」漣舉起手。「也就是神嗎？邪靈的眞面目。」

「神跟邪靈也沒什麼差吧？」

「差遠了吧？」

「是一樣的。兩邊都會作祟。然後受到祭祀的是神，沒被祭祀的就是邪靈。」出流武斷地說。「不管是神，還是邪靈都無所謂。重要的是，是『OSHIOI 大人』在作祟，對吧？」

「……『OSHIOI 大人』是什麼？」

「我哪知道？」出流滿不在乎地說。「那到底是什麼，就算我們思考，也想不出個所以然吧？我們沒有資訊，也沒有知識嘛。是白費力氣。總之，好像就是這個『OSHIOI 大人』在作怪。然後那是搬過來的薪倉家的祖先帶來的東西。」

「帶來的東西？」

「那當然了。不是這塊土地原有的東西，當然就是從海邊帶來的。薪倉家透過祭祀『OSHIOI大人』，獲得繁榮。——像這樣一想，不是非常可疑了嗎？」

「什麼東西可疑？」

「你看不出來嗎？帶著讓家族興旺的神明，跑來其他的土地耶。一定是有什麼心虛之處吧。」

心虛之處——就算出流這麼說，漣也想不到是怎麼回事。

「直接了當地說，就是搶了別人家祭祀的神帶過來。或是搶了村子的神之類的。被神明帶來的財富鬼迷心竅，想要一個人獨吞。」

漣交抱著手臂沉默了。他望著噥噥呻吟的老人背影。

「……也有可能相反吧？」

「相反？」

「是逃離神明而來到這裡的。」

「逃離……為什麼？」

「帶來財富的屋神，當然不可能是什麼好東西。應該都需要獻上什麼做為代價。像是生命，或是健康。假設薪倉家是為了逃離那個神，而來到了無人知曉的土地……」

「那樣的話，應該也會拋棄祠堂吧？」

「或許有什麼無法拋棄的理由。」

出流不滿地嘆了口氣。

「總之，」漣接著說。「薪倉家確實祭祀著某些神明。推測薪倉家是從海邊遷移過來的家族，應該也是對的。」

——那麼，要怎麼做才能祓除那棟屋子裡的邪靈？

「既然都知道這麼多了，應該也夠了吧？又不是你要祓除，那是千年蠱的案子吧？」

「不……」

「咦？是你要處理嗎？」

「不是……」

「哦，是你妹妹嗎？不管怎麼樣，都沒有你能做的事了吧？」

沒有自己能做的事——這句話超乎想像地深深刺入漣的心胸。

「怎麼可能交給澪？」

漣不悅地說，出流細細地端詳漣的臉，說：

「麻績，你是不是搞錯了什麼？」

「我搞錯什麼？」

「你是不是以爲你比你妹妹還要厲害？」

漣啞然失聲。出流瞄了蹲踞的老人一眼，朝車子走去：「回去吧。」

但漣杵在原地不動，出流折回來抓住他的手。

「要是被它跟上來就麻煩了。走了。」

出流把默不作聲的漣推進副駕，自己坐進駕駛座。

「只要邪靈消失，那個老爺爺就能回家，心滿意足地超度了吧。」

他邊說邊繫好安全帶，發動引擎。漣也慢吞吞地綁好安全帶。他靠在座椅上，呆呆地看著車窗。綠意往後方流去。

「……麻績，你滿禁不起打擊的是吧？」

漣沒有應聲。沉默暫時支配了車子裡。漣再次開口，是因爲湧出了疑問。

「喂，你是不是開錯路了？」

原以爲車子會穿過住宅區，開下山路，但不管怎麼看都是往更深山開去。

「沿著這條路上去，就可以去到河的上游。」

出流稀鬆平常地說。

「上游……？所以我是問，幹嘛去那種地方？」

「才剛進過鬼屋，與其直接回去，沐浴一下河川清淨的空氣比較好吧？」

確實有理。漣望向出流的側臉。他完全沒想到出流會在乎這種事。

「你這人意外地很纖細呢。」

「你沒資格講這種話吧？」

出流笑了。車子在山路前進，樹林間不時透出河流的身影。到底要開到哪裡去？漣正在詫異，車子開進分岔的山路較細的一條後，停了下來。

「這裡就行了吧。」

下了車子，便聽見潺潺河流聲。漣跟著出流往前走，來到河岸。是一條遍布大岩石的小溪。水位很淺，水清澈透明，看得見河底。出流蹲到水邊洗手，順帶洗了把臉。漣也跟著做。水冷冽得令人驚訝，把手浸入水中，感覺五臟六腑都受到了洗滌。四下一片寂靜，偶爾傳來振翅聲和鳥啼聲。

「真是個好地方。」漣說。

「對吧？這是私房祕境。」

出流用毛巾抹了抹臉，遞給了漣。漣默默地擦臉，吁了一口氣。沉澱在心胸的污泥好似被洗滌一空。

「我說你妹比你更厲害，並沒有別的意思。」

出流忽然說道。漣轉向出流。

「不是有所謂的姊妹神嗎？」出流說。

「姊妹……你說姊妹成爲兄弟的守護神的信仰……」

「對，就是這個。」

男子的姊姊或是妹妹，會成爲男子強大的守護神——姊妹神。這是日本的古代信仰。男子要出遠門時，姊妹會將手巾等送給男子，做爲護身符。相反地，兄弟會成爲女子的兄弟神，但據信力量遠遠不及姊妹神。[20]

「妹妹會是哥哥強大的守護神，哥哥對妹妹卻使不上什麼力。我的意思是，本來就是這樣的。」

漣目不轉睛地盯著出流的臉：

「……難道你是在安慰我？」

「因爲你超沮喪的嘛。都嚇到我了，想說我說了那麼傷人的話嗎？」

「我沒有沮喪。」

「就愛逞強。我急得要死，想說要怎麼樣才能鼓勵你耶。」

「所以才帶我來河邊嗎？」

「是啊，想不到別的點子了嘛。」

想要帶人散心，想到的去處卻是河流，這眞的很像蠱師家的人的思維。因爲打從骨子裡受到蠱師家的影響，選項在不知不覺間受限了。如果出流和漣的閱歷狹窄到不會察覺這是一種不自由，會覺得好過一些嗎？

漣看著悠然流過的透明河水。水一旦流過，就再也不會復返。目睹的瞬間已然通過，眼前的不再是相同的水。

「……水來土掩。」

漣低聲喃喃。

「要克服水，就需要土。水是海，土是山。所以薪倉家才會遷到山裡，是不是這樣？」

「啊，什麼？又回到這話題了？你也眞是認眞。」

註

20：姊妹神的原文爲「オナリ神」(Onari-gami)，兄弟神的原文則爲「エケリ神」(Ekeri-gami)，皆爲沖繩地方的信仰。「オナリ」及「エケリ」都是琉球方言。

「薪倉家想要戰勝『OSHIOI 大人』。但是失敗了……」
「所以造成邪靈肆虐？」
漣閉上嘴巴。流水聲令人心曠神怡。這裡也沒有悶熱的濕氣，只有清澈的水邊空氣自河面升起。沒有任何停滯，通暢地流過。一個念頭陡然興起：好想像這條河一樣。
——我是個半吊子。我有自知之明。
漣不夠強大到足以保護澪。遇到危難關頭，反而是漣會受到澪的保護吧。即使如此——
只能立下決心了。澪早已做到這一點，而漣只是覺悟還不夠——守望澪決心戰勝自身詛咒的選擇所下的覺悟。
漣閉上眼睛。風徐徐地自河面吹來。很涼爽的風。
「……就算是力量微弱的兄弟神，也有派得上用場的地方。」
悄聲呢喃的聲音，流入河川潺潺聲中消失了。

「──『OSHIOI大人』？」

聽到漣在出流帶領下遇到的老人，澪納悶地歪頭。波鳥也露出奇妙的表情，只有八尋一臉有些恍然的樣子。

「原來如此啊。」

「你知道嗎？麻生田叔叔。」

澪問，八尋「嗯嗯」點了點頭：

「後來我不是說去查點東西嗎？就是在調查那個。」

「調查『OSHIOI大人』？」

「不是，應該說是那個篩子。」

祭祀在祠堂裡，沾滿沙子的篩子。

「我覺得以前在哪裡看過那種東西，一直耿耿於懷。不是實際看到，而是在書上還是哪裡看到。所以我查了一下。」

「查到了嗎？」漣問。八尋點點頭：

「是一種避邪物，是海邊地區的風俗。那東西不是沾滿了沙子嗎？但重點不是沙子，是鹽。」
「鹽？」
「海鹽。那些沙是沙灘的沙。沾滿了海鹽的海邊沙子。用篩子盛上那些沙，掛在玄關前面，出門的時候捏起一撮灑一灑，當做淨身鹽使用。就跟參加葬禮回來後用鹽巴淨身是一樣的做法。因爲據信海鹽具備潔淨的力量。最好的還是使用海水——也就是在海邊祓褉。海鹽是替代品。」
「淨身鹽……」
「然後，用來淨身的沙子就稱爲『OSHIIOI』。」
「咦？」不只是澪，漣和波鳥都齊聲驚呼。
「『O』是接頭語『御』，『SHIO』就是『鹽』，『I』用了水井的『井』字，不過是取同音的『忌』、『齋』之意。『御鹽井』，意思是神聖的鹽吧。總之就是淨身鹽。不過我不清楚有哪個地區會以『大人』稱呼它。就和葬禮時收到的鹽巴一樣，只是用來驅邪的道具，所以一般不會用『大人』敬稱。」

「但薪倉家把它祭祀起來，加以祭拜。」

漣說，八尋低吟了一聲「是啊」，交抱起手臂：

「到底是怎麼回事呢……我是覺得那沒有足以神格化的神性啊……」

他一臉凝重地喃喃嘀咕著。澪也覺得確實如此。只有篩子和沙子，無法解釋為何會有浮屍出現。還有別的什麼——一道聲音對著澪的心胸傾訴。那張泡水而變得鼓脹、淒慘的臉掠過腦際。

「反過來想怎麼樣？」漣說。

八尋停止喃喃自語，抬起頭來：

「反過來？」

「篩子和沙子都只是驅邪之物。重要的會不會是浮屍的邪靈——」

「啊！」

八尋突然大喊一聲，漣嚇得閉上了嘴。

「啊，抱歉。不，漣，你說的對。」

「哪個對？」

「哦，就浮屍啊。」

八尋起勁地把身體探向矮桌，相反地，漣往後退去。

「重要的是浮屍。是啊，我怎麼沒有立刻想到呢？明明這麼單純。」

八尋兀自恍然大悟，興奮不已。

「請解釋給我們聽好嗎？」漣冷冷地說。

「有些地區的風俗把浮屍視爲漁獲豐收的吉兆，特別珍視，把它們稱爲『流佛』或『海佛』。在這樣的地區，要是遇到浮屍，都一定會打撈上來。相反地，也有些地區將浮屍視爲不祥，忌諱萬分，碰也不碰，任由它去，但大部分都是將浮屍視爲豐收的前兆。」

「浮屍……受到珍視？」

居然有這種事？澪覺得很恐怖。

「是吉兆。吉祥物。」

「明明是屍體耶……？」

一般來說，死亡被視爲污穢，是受到忌諱的。沒想到居然有逆轉的情形。

「是污穢到了極點，反而成了神明。這表示它就是具有如此強大的咒力。然後，除了大海以外，還有一個地方歡迎屍體。」

「還有別的地方嗎？」

「那就是蹈鞴場。」

「蹈……什麼？」

「蹈鞴，製鐵。從鐵砂提煉出鐵。知道嗎？」

「哦……唔，嗯……」雖然模模糊糊，但可以想像。——但是。

「咦，可是說那裡歡迎屍體……這是怎麼……」

「根據信仰，製鐵的神明——金屋子神不排斥死亡的污穢，甚至喜歡死亡。還說當鐵熔不出來的時候，把屍體綁在柱子上就行了。屍體會生出鐵來。不管是在煉鐵還是漁獲方面，屍體都會帶來財富。有這樣的風俗。」

屍體帶來財富。受到歡迎。吉祥物——

「受到崇敬……。『御鹽井大人』？」

澪脫口說出，八尋點了點頭：

「沒錯，就是這個。所謂的『御鹽井大人』，會不會表面上是盛在篩子裡的沙，但實際上是浮屍？」

那具浮屍是「御鹽井大人」。澪掩住了嘴巴。

「薪倉家把海裡打撈上來的浮屍視爲流佛、海佛，加以祭拜，祈求財富。應該是這樣吧。」

「可……可是，浮屍不可能一直擺著吧？」

「也許是把頭髮或指甲等身體的一部分當成御神體保管起來了。」

八尋說得輕描淡寫，但光是想像，就教人頭皮發麻。實在不是什麼舒服的東西。

「聽說那棟屋子出現的浮屍不只一具對吧？也就是說，薪倉家蒐集了一大堆。」

——一大堆浮屍。

視情況，或許還主動去尋找。

「……可是，薪倉家最後搬到了山裡吧？」漣插口說。「這不是代表他們和『御鹽井大人』分道揚鑣了嗎？」

八尋苦惱地發出「唔唔」呻吟：

「是啊……一定是出現了什麼變化。是逃到山裡，還是洗心革面，打算離開『御鹽井大人』……」

「可是終究還是逃不掉，對吧？」

澪這麼說，八尋點點頭：「是啊。」

即使搬到遠離海邊的山裡，海潮味依舊窮追不捨。屋子被海水淹沒，浮屍的幻影出現又消失。——那會是什麼樣的感受？

「雖然稱為流佛、海佛，但只要上了陸地，死穢的成分還是會變得更強烈。或許就是這麼回事。」

八尋在矮桌托著腮幫子這麼說。

「是有個平衡的。或者說力量的消長。屍體具備土的性質。因為屍體會回歸塵土。土能掩水，同時又能生金，因此在製鐵的場域也受到歡迎。

這十分合理。若是做出不合道理的事，就會出現扭曲。浮屍在海裡的時候，因爲土的性質能壓制水，所以受到歡迎。但一旦上了岸，就只是單純的屍體了。只能等著回歸塵土。若是扭曲了這一點——」

當然會出現斥力。死穢也會累積。結果就成了那棟房屋的樣貌，是嗎？

既然如此——澪尋思起來。

——將扭曲矯正回來。

是不是就行了？不過，要怎麼做？

「再去調查一次那座祠堂嗎？」八尋說。

「天花板上的祠堂嗎？」

「對。那裡一定就是邪靈的大本營。或許還有什麼玄機。」

妳覺得呢？八尋問，澪點了點頭。浮屍就是在那裡出現在澪的面前。既然如此，那裡應該具有某些意義吧。

「好，既然如此，就這麼決定。——下次去的時候，記得先別吃飯。」

聽到這話，澪和波鳥都嚴肅地點點頭。

一星期後的星期日，青海的車再次載著高良來到紅莊迎接眾人。和上次一樣，澪和波鳥乘上青海的車，漣搭八尋的車前往薪倉家。

旁邊的高良定定地端詳了坐在後車座的澪的臉半晌。

「……我已經沒事了。好得很。」

澪說，高良默默地把視線轉向前方。雖然沒有顯露在表情上，但澪知道高良總是在關心她的身體狀況。在高良面前昏過去，眞是糗極了。

「薪倉家是來自九州的漁村。」高良開口。「雖然花了點時間，但青海透過和邇的門路查到了。」

澪看向駕駛座上的青海。青海微微點頭。

「薪倉家最初是採鮑魚的海人，後來發展成收購鮑魚的盤商。但是在發跡之前，或是發跡之後，好像都做了許多不足爲訓的事。會被邪靈纏上，就是因爲這些罪業吧。」

「不足爲訓的事是指……？」

「不曉得。細節不是問題。薪倉家是爲了逃離罪業而拋棄了故鄉。」

——但還是逃不掉。罪業追趕上來了。緊咬不放。

甚至追到遙遠的京都深山裡來……

「薪倉家似乎離開故鄉，行商販鹽，漂泊到京都這裡，最後落腳在那座山裡，改行販賣柴薪。如果更早和大海斬斷關係，或許還有轉機。」

一直靠海爲生的人，要投身截然不同的行當，絕不是一件易事。但若是不斬斷與過去的關聯，就無法逃離邪靈嗎？

注意到的時候，高良正看著澪。

「妳打算怎麼做？」

「怎麼做……」是在問她計畫如何祓除嗎？「呃……。首先要再次調查那棟房子的天花板上面。」

「然後呢？」

「如果有祓除邪靈的線索的話——」

「沒有的話呢？」

「嗚。」澪語塞了。「沒有的話，應該會先撤退吧。」

原以爲高良會責備太過漫無計畫，沒想到他同意地點點頭：「撤退是很重要的。」

「是嗎？」

「不知道見機身退，會丟掉性命。」高良斬截地說。「行動時必須隨時確保退路。尤其是妳。」

「是喔……好啦。」

高良的思考基準，似乎放在澪能平安無事。

抵達原谷的房子後，八尋的車子晚了一些也到了。和上次一樣，眾人把青海留在外面，進入屋內。

屋子裡還是一樣陰森。漣領頭筆直朝天花板上前進。八尋和外面的青海合作，從邊緣將遮雨板逐一拆下，然後跟上去。隨著進入屋內深處，海潮味愈來愈濃。進入和室，打開木板門，爬上階梯。澪扶著階梯攀爬，忽然感覺有頭髮掃過指頭，嚇了一跳。不是自己的頭髮。爲了方便行動，她把頭髮在後腦紮成了一束。黑暗裡，一瞬間她在階梯角落瞥見一束黑色的頭髮。頭髮很快就縮回去不見了。澪努力穩住呼吸，馬不停蹄地繼續往上爬。

屋頂上看起來和上次一樣。一片灰濛濛，再次結出了許多蜘蛛網。篩子掉在祠堂前面。漣默默地走過去，蹲了下來。祠堂的門就像上次打開時那樣開著。漣沒有伸手，只是靜靜地看著。澪也靠過去，一樣蹲了下來。祠堂裡充斥著漆黑沉澱的邪靈。蜃影幽幽搖曳、盤旋。定睛細看，看得出黑暗深處有東西。上次除了篩子以外，應該就沒有別的東西了。澪稍微探出身體注視。隱微搖曳的蜃影間，有樣東西若隱若現。澪倒抽了一口氣。

——是頭髮。

裡面疊著一束又一束漆黑的頭髮。瞬間，澪覺得彷彿背脊被潑了盆冷水，一陣哆嗦。

「八尋叔叔，裡面有頭髮。很多。」

漣靜靜地告訴八尋。剛爬上階梯的八尋沒什麼地說：「是從浮屍身上剪下來的吧。那就是御神體。」

漣和澪都沉默了。從浮屍身上剪下頭髮，蒐集起來。它散發出邪惡的氣息，實在無法稱為什麼御神體。

澪起身離開祠堂前面，移動到陽光從屋頂破洞射入、稍微明亮一些的地方。她跨過屋梁，扶著柱子，靠在上面。

——怎麼會有那種東西？

如果是為了逃離，那種東西應該早就丟掉了，為何要萬分虔誠地祭祀在祠堂裡？難道不是逃離它，而是遷到這裡之後，仍繼續信仰它嗎？

「怎麼會……」

澪喃喃出聲，這時覺得近處有道極細微沙啞的人聲，回頭看向後方。她差點驚叫，強行忍住。陽光照不到的暗處，有個人跪坐在那裡。雙手規矩地放在腿上，頭低垂著。是穿著條紋木綿衣的肥胖男子。——不，不是肥胖，而是膨脹。土黃色的皮膚泡爛膨脹了。低垂的頭被陰影吞沒，看不清楚，但看上去蓬頭亂髮，髮梢不停地淌著水滴。窄袖和服也一片濕淋淋，木地板都淹水了。

澪調整呼吸，將湧上喉邊的胃酸吞回去，咬緊顫抖的嘴唇。

——御鹽井大人……不肯放過我……

聲音細得隨時都會消散。感覺對方長長地大嘆了一口氣。軟爛膨脹的男子萬念俱灰地深深低著頭。

——再怎麼丟……再怎麼丟……就是會回來。就算燒也燒不掉。祂叫我蒐集更多……叫我敬拜祂……

澪側耳聆聽那聲音，皺起眉頭：

「『御鹽井大人』命令你蒐集浮屍的頭髮嗎？」

男子噤聲了。他倏然抬頭，就像要確定澪真的聽得見他的話。澪用力咬緊牙關。男子的臉同樣地鼓脹欲破，應該是眼睛的位置只有兩個黑洞，唇肉掉了，露出底下的牙齒。即使咬緊牙關，澪仍止不住地哆嗦，這時一隻溫暖的手握住了她的手。低頭一看，高良就在身邊。

「你叫什麼？」

高良簡短地問男子。男子呻吟了幾聲，陡然張大嘴巴。其中是漆黑的空洞。

「富五郎。」

男子緩慢地、就像要嘔出泥巴似地說。

「富五郎。」高良重複這個名字。「你被『御鹽井大人』囚禁了是吧？」

「啊啊……嗚嗚……」男子呻吟。

「那就告訴我。『御鹽井大人』是什麼？」

傳來起泡般的咕嘟聲響，是男子的喉間發出的聲音。男子仰起咽喉，從口中吐出水來。與此同時，響起了男子的聲音。男子的聲音隨著水一同吐出，聽起來就像話語。澪的耳中開始聽見遙遠的浪濤聲，腦中浮現從未見過的海邊漁村情景。男子所述說的話，化成了呈現在眼前的景象。高良用力握住澪的手。澪覺得他在說：撐住。澪看著男子，把意識轉向他的述說。

富五郎在船上成長。他的父母都是採鮑魚的海人。他們居無定所，從一個海域到另一個海域，逐鮑魚而遷徙。富五郎上面還有個姊姊，但一懂事就出去工作，或是嫁人了，離開了家人。其他的兄姊全死光了，來不及長大。底下有弟妹各一，照顧他們是富五郎的工作。孩子們身上散發出來的不是奶香，而是海潮味。

盤商會來收購鮑魚，但父親七兵衛總是牢騷，說不識字的海人都被欺負，貨物被賤價收購。但也沒有學識字的管道，只要鮑魚收穫比昨天多，錢馬上就拿去買酒了。海潮味和酒精味。深植在兒時的富五郎記憶裡的，就是這兩種氣味。

某次暴風雨之後出海打漁，迎來了轉機。划船出海準備潛水採鮑時，發現浪頭間漂浮著一具屍體。七兵衛認爲那一定是在暴風雨中遇難的船隻水手，合掌膜拜之後把屍體打撈上來。這天採鮑的收穫異常豐盛。賺到的錢，甚至讓人捨不得全部拿去買酒。

後來鮑魚的收穫一樣好。七兵衛學會了存錢。周圍的人都很訝異，怎麼能如此一再豐收？是因爲撈起了浮屍嗎？但七兵衛都只是笑而不答。

富五郎知道理由。父親從撈起的浮屍身上鉸下了一束頭髮。富五郎不明白父親爲何這麼做。但某次醉後，父親說：

——那具浮屍叫我剪下他的頭髮。把我的頭髮祭祀起來。如此一來，我就保證往後你也能源源不絕大豐收。父親說，浮屍如此對他細語。

——那是「御鹽井大人」。

父親如此稱呼浮屍。「御鹽井」原本是裝在篩子裡，掛在屋簷下驅邪用的鹽沙。父親不知出於什麼樣的意圖，用這個名字稱呼浮屍。意思是那並非污穢的屍體，而是神聖的神明嗎？父親給了它名字，祭祀崇拜它的頭髮。富五郎感到毛骨悚然。

——往後「御鹽井大人」也會帶給我財富。祂是我無比寶貴的神明。

父親眼睛燦爛生輝，臉頰興奮潮紅。如同父親這話，此後鮑魚也持續豐收。很快地，鮑魚豐收無法滿足七兵衛了。

某一次，暴風雨又來了。海面尚未平靜，七兵衛就出海了。不是為了採鮑捕魚。

——只要再遇到「御鹽井大人」……就有更多更多的財富……

彷彿祈禱上達天聽，七兵衛再次發現了浮屍。喜孜孜地撈起浮屍的父親，表情詭異到家。

七兵衛再次從浮屍身上鉸下頭髮，和之前的浮屍頭髮一起裝進袋子裡，掛在脖子上，片刻不離身。鮑魚收穫更多了。

從這時候開始，七兵衛便極目尋找海上浮屍，一聽見有浮屍漂上岸，便火速趕到，悄悄鉸走頭髮。七兵衛的袋子愈來愈鼓了。

富五郎開始在船上聽到聲音了。是「御鹽井大人」的聲音。

——我會給你更多的財富……

那聲音甜美，蕩人心弦。聽到那聲音，整顆腦袋就好像酥麻了一樣，腳底、手掌都滾燙起來，再也坐不住。父親也聽到了一樣的聲音吧。

七兵衛更加狂熱地尋找浮屍。但浮屍不是隨便就有的。

某一天，下水採鮑的母親一去不回。她是和父親一起下水的。一段時間後，母親的屍骸浮上海面。是溺死的。

七兵衛鉸下妻子的頭髮，和其他頭髮一樣裝進袋子裡。

七兵衛成了鮑魚盤商。從事盤商生意之餘，浮屍的頭髮也繼續增加。

七兵衛建了豪宅，蓋了氣派的祠堂，供奉頭髮。他再也不用下海採鮑了。

老字號的鮑魚盤商和七兵衛起了糾紛。對藩國來說，鮑魚不是在當地消費的食物，而是重要的外銷財源。鮑魚乾會送到長崎，成爲「俵物」——貿易商品。七兵衛爲了打通關節，想要私下賄賂官員。然而此舉曝了光，七兵衛遭到盤商聯合排擠。

七兵衛開始夜復一夜在海邊遊蕩。他在岸邊走來走去，張大眼睛觀察黑暗的海面。布滿血絲的眼睛炯炯地左右轉動，尋找漆黑的海面有無白色的浮屍。富五郎拚命勸阻父親。兩人在岩地扭打起來，七兵衛把富五郎推落海中。

落入冰冷大海的瞬間，富五郎看見父親燦爛發亮的充血雙眼，以及顫抖的嘴唇。父親在笑。富五郎頓悟了。父親就像殺掉母親那樣，也要殺掉兒子。

富五郎在冰冷的海水圍繞下，沉入陰暗的海中。水灌入喉中，他很快就無法呼吸了。指頭凍結般冰冷僵硬。他應該掙扎了，但意識卻與動作分了家，身體麻痺了。冷極了。耳朵深處好痛。月光消失，眼前變得一片漆黑。富五郎很快就感受到海潮的流動。魚兒在身邊游動。海藻漂浮，纏繞住手腳。魚兒和海藻都接納了富五郎。富五郎化成屍骸，與大海融爲了一體。富五郎成了海潮的一部分。他再也不感到寒冷了。毋寧是溫暖的。他好像在白天的大海中漂流。就這樣漂啊漂地，終有一日將化入海中消失，回歸大海。富五郎自然地接受了這樣的結局。——然而。

他的酣眠被突如其來地打斷了。富五郎的屍體被撈上七兵衛的小舟。月光照亮了激烈地喘氣、將富五郎打撈上去的七兵衛的臉。灼灼發亮的眼珠、幾乎流涎的大張的嘴巴、歡喜地扭曲的臉龐。這是惡鬼——富五郎心想。

七兵衛剪下富五郎的頭髮，塞進袋子裡。他滿足地嘻笑著。富五郎的靈魂無法消融在海中，被囚禁在袋子裡了。被囚禁在「御鹽井大人」當中了。

——那一定是鬼。

俘虜了富五郎的事物。教唆七兵衛的事物。那絕對不是單純的浮屍，而是別的怪物。

七兵衛撈起富五郎的屍骸，搬回家的當晚，宅子焚燬了。是放在富五郎屍骸枕邊的蠟燭傾倒引火。這全是富五郎的念想所致。

他祈禱：把一切都燒了吧！

七兵衛喪生火窟，祠堂也燒掉了。然而蒐集了頭髮的袋子卻沒有燒燬。

富五郎的弟弟從火場中倖存了。妹妹已經嫁人了。弟弟懼於「御鹽井大人」的淫威，挖來海邊的沙子，盛入篩子，離開了當地。他爲了驅魔而帶了海沙，然而這反而召來了「御鹽井大人」。不管丟掉多少次，或是交給寺院，頭髮依舊會回到弟弟身邊。富五郎這些浮屍冤魂緊跟著弟弟不放。他們全都與「御鹽井大人」化成了一體。

時至今日，「御鹽井大人」仍然在富五郎的耳畔低語：

——我會給你更多的財富。所以蒐集更多的屍體吧……

聽完之後，澪發現了。俯首跪坐的富五郎身後還有人。而且是好幾個人。他們的身體全都吸飽了水，浮腫膨脹而且蒼白，同樣地並排跪坐在那裡。他們坐在黑暗中，低頭垂首。刺鼻的海潮味瀰漫四下。

——他的父親被邪靈魅惑了。

他聽從了邪惡的耳語。他蒐集更多的浮屍頭髮，「御鹽井大人」就變得更邪惡、更強大。

「……給予名字，就等於給予力量，同時也是一種拘束。」

高良低聲說道。他站起來，退到後方。澪也跟著這麼做。高良放開握在手裡的澪的手，望向祠堂。

「怎麼了？」

八尋訝異地問。漣和波鳥也一臉奇妙。除了澪和高良以外，似乎沒有人聽見富五郎的述說，而且那段述說僅發生在短暫的一瞬間。

「『御鹽井大人』……好像是浮屍的集合體。撈起第一具浮屍的時候，就受到慫恿，開始蒐集頭髮──」

澪斷斷續續地轉述富五郎的說法。八尋面不改色地聽著，但漣皺起了眉頭。波鳥都快哭出來了。

「第一具浮屍應該是惡質的邪靈吧。」八尋搔了搔頭說。「但是，唔……集合體很棘手吶。」

「那沒什麼。」高良神色淡然地說。「沒有無名的邪靈那麼棘手，也不是神，就只是惡質的邪靈罷了。」

說完後，高良看向澪，以目光詢問：「妳要怎麼做？」澪反覆思索，然後開口。她回想起富五郎述說的內容。

「富五郎……被『御鹽井大人』囚禁了……對吧？其實他應該會直接超度的。其他的浮屍也是一樣吧。既然如此，只要解開禁錮他們的『御鹽井大人』的枷鎖，他們就可以超度了……？」

高良默默點頭。看來這是正確答案。

囚禁富五郎這些死靈的，是八尋所說的「惡質的邪靈」。

「既然如此，只要祓除那第一個惡質的邪靈就行了，對吧？」

——那麼，要怎麼做才能達到這個目的？

「看清它的本質就行了。」

高良說。本質——澪在口中喃喃，「啊」了一聲。

——雖然稱爲流佛、海佛，但只要上了陸地，死穢的成分還是會變得更強烈。

——一旦上了岸，就只是單純的屍體了

八尋是不是這麼說過？

浮屍雖然被視爲豐收的吉兆，但只要撈上陸地，屍體就是屍體，就只是污穢而已。

——污穢。

既然是污穢，予以淨化就行了。

「能淨化污穢的東西……鹽？」

「鹽不夠。因爲鹽不可能是神。鹽之所以具備淨化的能力，是因爲鹽得到了太陽的力量。」

「太陽的力量……？」

「太陽在海中死去，再次自大海而生。太陽的力量灌注到大海當中，所以海鹽才具有太陽的力量。」

——也就是說。

「擁有最強大的淨化力量的就是太陽，對吧？」

高良點了點頭。他從澪的身邊離得更遠，拉開距離。

「我是污穢，離遠一點比較好。」

這話讓澪的胸口深處一陣刺痛。

——你才不是什麼污穢。

這句話來到口邊，澪咬住了嘴唇。她吁了一口氣。

做好現在該做的事吧。澪立下決心，走到天花板上方的中央處。波鳥就在身邊。即使執行降神，也不怕迷失自我。接下來只需要召喚。

天花板上方，四面八方盤踞著黑暗，感覺得到邪靈正蠢蠢欲動。黑色的蜃影緩慢搖擺，想要靠近澪。一道烈風颳過，蜃影四散。有一頭勇猛的狼，是凪。漣幫忙驅散了多餘的邪靈。可以不用管它們。

澪吸了一口氣，呼喚名字：

「雪丸。」

瞬間，清澈的空氣滿盈四下。半空中出現一隻白狼，旋轉了一圈。雪丸變身爲鈴鐺，悠悠左右擺盪。清冽的聲音響徹周圍。神明在鈴聲引導下前來了。是日神天白神。

強烈的白光充斥現場。強光令人無法逼視，但即使閉上眼睛，那光也充滿了全身每一個角落。眼底被耀眼的白給填滿了。身心都被燦光所包圍。是舒適愉悅的清澈光輝。

白光遍照漆黑的蜃影，籠罩它，逐漸將其吞噬。搖擺的蜃影變得就像煤灰，接著化成淡霧，最後稀釋消失。就宛如潔淨的風將塵埃一掃而空。

澪慢慢地睜開眼睛。周圍變亮了，宛如褪去了一層膜。沒有盤踞在角落的黑色蜃影，當然也不見浮屍的影子。看看祠堂，髮束無影無蹤。籠罩四下的，是全然健康清澈的明亮白晝陽光。

——富五郎他們也順利超度了嗎？

應該吧。海潮的氣味已經消失了。澪深深地嘆了一口氣。

澪回頭看高良。高良和澪四目相接，眨了眨眼。表情看起來也像是覺得刺眼。

「愈來愈有模有樣囉，小澪。」八尋如此評價。

「雖然雪丸一點都不親近我……」

雪丸只會在需要的時候現身。

「都是這樣的。」八尋笑道，但松風就站在他的肩上，讓澪覺得真是不公平。

漣已經下樓梯去了。澪跟了上去，「漣兄，謝謝你，剛才——」話還沒說完，漣便冷冷地說「那不算什麼」。

——有漣兄在，讓我沒有後顧之憂。

澪這麼想，但難以說出口。

走出外面，還是一樣暑熱逼人。青海向澪行了個禮。忽然間，澪發現蟬鳴聲刺耳極了。她仰望天空。藍天湧現滾滾積雨雲。她覺得梅雨季過去了。

*

漣有時會來到鴨川。也不是鴨川，而是高野川和賀茂川匯流的地點。不知怎地，他就是喜歡那裡。悠然流過的河面反射著夏季艷陽，粼粼生光，讓人不禁瞇起眼睛。觀光客站在河中跳石上，舉著相機拍照。即使在溽暑之中，河邊還是稍稍涼爽一些。

「你爲什麼沒來？」

漣問站在旁邊的出流。上星期一行人去原谷的薪倉家祓除邪靈，出流卻沒有出現。他應該在監視千年蟲才對。

「蹺班。」

出流直截了當地說。臉上掛著笑。

「誰有辦法天天追著千年蟲跑啊？太白痴了。」

出流很吊兒郎當。到了讓人有些羨慕的程度。

「那棟房子也不再是鬼屋了，眞無聊。」

「那種東西沒有最好吧。」

出流搖晃肩膀咯咯笑：「你也太認眞了。」

「是你太不認眞了。」

「我跟你加起來除以二，會變成剛剛好嗎？」

「不會。人總是好逸惡勞，只會愈來愈不認眞。」
出流覺得滑稽地笑著。
「那麼，認眞的麻積今天怎麼會找我吃飯？」
今天漣約出流一起吃午飯。
「也沒什麼特別的意思。」
「是喔。也是，我們是朋友嘛。」
出流拍了拍漣的肩膀。漣拂開他的手。
「夏天到了呢。」
出流對漣的態度完全不以爲意，瞇眼眺望河面。忽然間，一陣沁涼得令人驚訝的風吹來，讓漣不禁瞠目。

澪一個人前往狸谷山不動院。濃密的樹林間，蟬鳴聲傾注而下。燃燒生命全力鳴叫的聲勢，彷彿讓邪靈也不得不隱身樹蔭，屏聲斂息。她經過灑滿樹葉篩漏碎陽的路，來到不動院的石階。一停下腳步，脖子便不停地冒汗。澪後悔應該帶毛巾出門，用手背揩去汗水。她決定在石階邊緣坐下，稍事休息。吁了一口氣，仰望頭上，這時發現背後有人影。回頭一看，高良就站在石階上。

高良默默地走下石階，來到澪坐的上方兩階處，坐了下來。

「妳來做什麼？」

「想來拜一拜。」

高良淩厲地看了澪一眼。澪別開目光。她撒了謊。她猜想，只要一個人在外頭遊蕩，高良就會現身。

高良還是一樣穿著制服，天氣悶熱成這樣，他卻一臉清涼。澪細細地端詳那張臉。

「你也會覺得冷或熱嗎？」

她問，高良一臉詫異：

「當然會。」

「可是，你看起來完全沒流汗。」

「有。很熱。」

——是這樣嗎？

澪沒想到會聽到高良說「熱」，有些吃驚。

澪站起來，走上階梯坐到高良旁邊。

「冷和熱，你比較討厭哪一邊？」

「兩邊都討厭。」

「我也是。」

「——雖然有極限，但天熱比較能活動，所以好一點。」

本以爲高良不會再接話，沒想到他說了下去。「寒冷會讓生物的動作和感覺都變得遲鈍。」

「這樣喔……？」

「妳問這個做什麼？」

澪沉默了一下：

「因爲我對你一無所知……我想多瞭解你一些，什麼事都好。」

高良眨了眨眼。沒有表情的那張臉，浮現困惑的神色。

「瞭解了也不能怎樣吧。」

「怎麼會？想要瞭解的感情，哪有怎樣不怎樣的？」

高良皺起眉頭：「……妳眞的很會耍嘴皮子。」

澪覺得自己會如此好辯，是因爲自小和漣拌嘴養成的。

「我不是那種有話會憋在心裡的人。」

澪憤憤地說，奇妙的是，高良輕笑了一下，喃喃了什麼。

「咦？你說什麼？」

「沒事……」

高良閉口別開目光。樹木的陰影落在他的側臉上。澪注視著陰影搖晃的那張側臉，耳中捕捉到細不可聞的喃喃自語。

——多氣也說過一樣的話……

一道冰冷的影子悄然籠罩心胸。

對高良而言，澪就是多氣王女。但澪根本不認識她，沒有絲毫關於她的記憶。

——我不是多氣王女的複製品。

澪一方面這麼想，另一方面卻也疑惑：如果我不是她的複製品，那我究竟是什麼？那麼高良呢？巫陽呢？她迷惘了。

蟬聲遠離了。樹葉沙沙聲響起，影子晃動。穿透樹葉灑下的光影在高良白皙的臉頰上投射出斑駁的花紋。澪的臉上一定也有著相同的花紋。視線交會。高良的眼睛無限地深邃，同時也無限地清澈。

PL00124

京都紅莊奇譚 卷三

愛情在細雨中詛咒

作　者—白川紺子
譯　者—王華懋
編　輯—黃煜智
行銷企劃—林昱豪
校　對—魏秋綢
封面設計—魚展設計
內文排版—陳姿伃

副總編輯—羅珊珊
總 編 輯—胡金倫
董 事 長—趙政岷

出 版 者—時報文化出版企業股份有限公司
108019 台北市和平西路三段二四〇號四樓
發行專線／（02）2306-6842
讀者服務專線／0800-231-705、（02）2304-7103
讀者服務傳眞／（02）2304-6858
郵撥／1934-4724 時報文化出版公司
信箱／108019 臺北華江橋郵局第 99 號信箱

時報悅讀網—www.readingtimes.com.tw
電子郵件信箱—ctliving@readingtimes.com.tw
思潮線臉書—https://www.facebook.com/trendage
法律顧問—理律法律事務所 陳長文律師、李念祖律師
印　刷—紘億印刷有限公司
初版一刷—二〇二五年七月四日
定　價—新台幣四五〇元

時報文化出版公司成立於一九七五年，
並於一九九九年股票上櫃公開發行，於二〇〇八年脫離中時集團非屬旺中，
以「尊重智慧與創意的文化事業」爲信念。

京都紅莊奇譚 . 卷三 , 愛情在細雨中詛咒
京都くれなゐ荘奇譚 霧雨に恋は呪う / 白川紺子著 ;
王華懋譯 . -- 初版 . -- 臺北市 : 時報文化出版企業股份
有限公司 , 2025.07
280 面 ;14.8*21 公分 .
譯自 : 京都くれなゐ荘奇譚　霧雨に恋は呪う
ISBN 978-626-419-495-2 (平裝)

861.57　　　114005880

KYOTO KURENAISO KITAN ③

Illustrations by Gemi
First original Japanese edition published by PHP Institute, Inc., Japan.
Traditional Chinese translation rights arranged with PHP Institute, Inc., Tokyo
in care of Japan UNI Agency, Inc. Tokyo

ISBN 978-626-419-495-2
Printed in Taiwan